中公文庫

迷子の眠り姫

新装版

赤川次郎

中央公論新社

目次

迷子の眠り姫

新装版

1 花園

「〈体育の日〉なのに、どうして……」

そう言ったのが誰だったか、もう意識の消えかかっていた里加《りか》にはよく分らなかった。

ただ、あまりに的外れな言葉に腹が立って、

「〈体育の日〉に死んじゃいけないのか！」

と、怒鳴って――やりたかったが、とても声を発するだけの元気は残っていなかった。

ただ、後になって考えれば、お母さんも妹の香子《きょうこ》も、涙にくれていて、そんな言葉なんか耳に入っていなかったのだろう。

何しろこのとき――

確かに十月十日の〈体育の日〉の午後一時二十三分、病院の近くの小学校からは、運動会の〈午後の部〉開始を告げる花火の、ドン、ドン、という爆発音が聞こえ、行進曲がにぎやかに鳴り渡って、およそしめやかさと無縁の中で、里加の心臓は停《とま》ったのだから。

「ええ？　嘘でしょ！」

――死んで最初に思ったのが、こんなことだったというのも、やや情ないものがあった。

一旦、真暗な闇のただ中へ放り出された里加は、無重力状態の宇宙船の中でなら、こんな風かという、何も支えのない、それでいて落ちているとも思えない、ふしぎな状態にしばらく漂《ただよ》っていた。

それから不意にストンと落ちたのは――一面に広がる花園で、それを見たとき、よく聞いていた「死後の世界」とあまりにそっくりだったので、

「嘘でしょ！」

と言ってしまったのだった。

里加は、立ち上ると、腰ほどまでもある花の間を、かき分けるようにして歩き出した。

空は青でない、ふしぎな色をしていた。というか、一瞬ごとに色が変る。オーロラが空一杯に広がっているよう、と言ったらいいのか。

花には香りがなかった。まだ「匂い」をかぐ感覚がついて来ないのだろうか。普通なら、これだけの花に囲まれていたら、むせ返るような匂いがするだろう。

そして――またまた里加は呆《あき》れてしまうことになったのだが、不意に花園を抜け出ると、目の前には、川幅三十メートルくらいあろうかという涼しげな流れがあった。

この向うが、「死の世界」なんだ。

何てったっけ？　――そう、「三途《さんず》の川」とかいうやつだわ。

小学校のとき、「さんとのかわ」と読んで、お母さんに笑われたことを思い出す。

でも、里加が、

「じゃ、どうして『三途の川』っていうの？」

と訊《き》いたら、お母さんも知らなかった。

あの世へ渡る川には、流れの速さの違う三つの場所があって、生きてるときの行いによって、どこを渡るか決るんだそうで、それで「三途の川」。——里加は辞典で調べたのだ。

でも、辞典を作った人だって、本当の三途の川がどうなのか、知っているわけはないので、今目の前にある川も、別に三つに分れているようには見えなかった。

立ち止っているわけにはいかないようで、里加は見えない力に押されるように、流れの中に入って行った。

水は冷たく、思いの外、流れは強くて、足をすくわれないように、一歩一歩、力をこめなくてはならない。

川は、やがて腰から上へ上って来て、流れの半ばを過ぎたころは、胸の辺りまで来ていた。

「死ぬのも楽じゃないや……」

と、こぼしていると、向う岸に、去年亡くなったおばあちゃんが立っているのが目に入った。

お出迎え？　わざわざありがとう。

里加は手を振った。――あのおばあちゃんとは、とても仲が良かったのだ。

でも――おばあちゃんは、手を振り返してはくれなかった。

里加を怖い顔で見ると、強く首を振ったのだ。どうやら歓迎しに来てくれたんじゃないらしい。

「おばあちゃん！」

と、里加は叫んだ。「すぐそっちに行くからね！」

すると、おばあちゃんは、生前には見たこともなかったほど厳しい顔つきになって、

「帰るんだよ！」

と、張りのある声で言った。「ここはお前の来る所じゃないよ！」

帰るっていっても……。

流れが突然水量を増し、里加を呑《の》み込《こ》んだ。

「やだ！　溺《おぼ》れちゃう！」

死んじゃってからも、溺れることがあるの？　――里加は水の中でクルクルと回転しながら、必死で流れから頭を出そうともがいた。

もがいて、もがいて……。

フッと気が付くと、里加は何もない所に浮かんでいた。

そして、体が一瞬、フワッとエレベーターの下りるときのような感覚で重さを失ったと思うと、空中に浮かんで、自分の病室を上から見下ろしていた。

これって――〈幽体離脱〉ってやつだ！

真下にベッドがあり、里加自身が目を閉じていた。

医者が腕時計を見て、

「一時二十三分でした」

と言っている。

そばの看護師さんがそれを書き取っていた。

お母さんが里加の上に顔を伏せて、ワッと声を上げて泣いた。妹の香子は、立ったまま、ハンカチを口に押し当てて泣いていた。

いつも憎まれ口ばっかりきいてるくせに！

もうちっとお姉ちゃんを大事にしな！

里加は、医者が「ひと仕事終った」って感じで病室を出ようとするのを見て、

「ちょい待ち！　びっくりさせてやるからね！」

と、一気に、横になっている自分の中へと飛び込んで行った。

ゴホッ。

——里加が咳込んだ。

最初に反応したのは、妹の香子で、

「お姉ちゃん、動いた！」

と叫んで、里加の手をつかむと、「お姉ちゃん！　お姉ちゃん！　目、さまして！」

と、何度も振りつづけた。

——ピッ、ピッ、と鼓動を示すオシロスコープが音をたてた。

「先生！」

看護師が目を丸くして、「心臓が動いてます！」

医師があわてた。

「強心剤！　——マッサージするぞ！」

と怒鳴って、里加の胸に両手を当てて、ぐい、ぐい、と押した。

加奈子《かなこ》は香子と手を取り合って、心臓の動きを示す波形が、次第に力強く、くっきりとした波形を描くのを見つめていた。

里加がもう一度咳をすると、

「お母さん……」

と、かすれた声で、しかし、はっきりと言った。

次の瞬間の、母と妹の上げた歓声は、そのショックで里加がまた死んでしまいかねない凄まじさだった……。

眠りからさめて、里加は、母の涙に濡れた顔を見ると、微笑《ほほえ》んだ。

「——里加」

「ただいま、お母さん」

と、里加は言った。「私、川を渡ろうとして、戻って来た」

「ありがとう……。お帰り、里加。もうどこにも行かないで」

加奈子が、里加の手を取って、自分の頰へこすりつけた。

「——香子は？」

「安心したら、お腹空《す》いたって。下の食堂にお昼、食べに行ったわ」

「食いしん坊」

と、里加は言って、「でも——もう夕方か」

「そう。五時になるわ」

里加は、窓の方へ目をやった。

「運動会、終ったのかな」

「さっき、花火が上ってたわ。終りの合図でしょ」

と、加奈子が肯《うなず》く。

「窓、開けて。——空が見たい」

と、里加は言った。

——笹倉《ささくら》里加。十六歳の高校一年生。

母、加奈子は四十二。妹の香子は中学二年生の十四歳である。

母の後ろ姿を見て、里加は、その髪に白いものが目立つのに気付いて、びっくりした。

「寒くない？」

と、加奈子が振り向く。

「大丈夫。——ね、そんなに白髪《しらが》、あったっけ」

加奈子は髪に手をやって、

「これ？　今朝、顔を洗ってて気が付いたの。——この三日間で急に増えたのよ」

「私の看病してて？」

「そうよ」

「心配してたんだ」

「当り前でしょ、馬鹿ね」

と、加奈子は笑って、「お医者さんが、一生懸命言いわけなさってたわよ。『若い心臓は、信じられないような奇跡を起こすことがあるのです』ってね」

「丈夫なんだね、きっと」

と、里加は息をついた。

「――里加」

加奈子は娘の額や頬に手を当てて、「ずっとこうして触っていたいわ」

「お父さんは？」

「今、こっちへ向う飛行機の中よ」

加奈子が少し冷ややかになって、「今朝一番の便で帰るって言ってたのに」

「忙しいんだよ」

「娘のことよ。――悔しいから、知らせてないの」

「じゃ、危篤だと思ってるの？　可哀そうじゃない」

「いいわよ、少し心配させてやらなきゃ」

里加の父、笹倉勇一《ゆういち》は、札幌に単身赴任している。

この不況の中、営業所長なんていっても、部下はほとんどいなくて、一人で広い北海道を駆け回っているらしい。

大方、駆けつけてからも加奈子に散々文句を言われるだろうと思うと、里加は父に同情したくなった。

「――お母さん」

香子が病室へ入って来た。「お姉ちゃん、目、さました?」

「オス」

と、手を振ると、

「しぶとい!」

と、里加の手を握って笑った。

加奈子が看護師さんに呼ばれて出て行くと、香子が椅子にかけて、

「――ね、何か見た?」

と訊いた。

「うん」

「どんなもの?」

「一面のお花と、川と……。向う岸で、おばあちゃんが『こっちに来るな』って言ってた」

「何だか、テレビとかでやってる、そのまんまだね」

と、香子は笑って、「でも、戻って来てくれて嬉《うれ》しい」

「これからは、もう少し、仲良くしようね」

と、里加が言った。

とはいえ、こんな約束、長く続くわけがないことは、里加自身も承知していた。

窓の外に、五時を告げる〈夕焼け小焼け〉のメロディーが流れ始めていた。

2 仲間

「夕食ですよ」

と、五時半に食事が運ばれて来る。

「まだ、普通の食事は少し様子を見てから、ってことで、とりあえずおかゆね」

正直なところ、里加はもう何でも食べられそうだったのだが、ここは素直に、

「はい」

と言っておくことにした。

「――薄味ね」

と、母の加奈子が一口スプーンですくって口に入れると言った。「少しお塩でもかける?」

「トンカツのっけて」

「何言ってるの」

と、加奈子は笑った。

食べようとしていると、病室のドアが開いて、妹の香子が顔を出す。

「お姉ちゃん」

「――どうしたの？」

「お客さんだよ！」

ドアを大きく開けると、

「里加！」

と、声を上げて駆け込んで来たのは、同じクラスの親友、安井美知子《やすいみちこ》だった。

「来てくれたんだ……」

「良かったね！　――香子ちゃんから聞いたよ。一度死んじゃったと思われたんだって？」

さぞかし、香子の奴、大げさ、かつドラマチックに脚色して話したんだろう。

「まあね」

と、里加は微笑んで、「元気になったら、ゆっくり話してあげる」

「でも……良かった、本当に！」

美知子が涙ぐんでいる。

「こらこら、クラスきっての秀才が」

「関係ないでしょ！」

と、美知子は言い返し、「――お母さん」

と、加奈子の方へ向き、

「すみませんでした。本当に。里加にもしものことがあったら、って……。気が気じゃなかったんです」

「もうすっかり元気ですから。気にしないでね」

「そんなわけには……」

と言いかけ、廊下の方を見て、「あ、来た来た」

たちまち、病室はにぎやかになった。

「淳子《あつこ》、ありがとう」

と、里加は三好《みよし》淳子の手を取った。

「それから、木谷《きたに》先生も」

と、美知子が言った。

「笹倉さん！　――知らせが学校に届いたとき、体育祭を中断して、アナウンスしたのよ。グラウンドに。みんな大喜びで……」

「先生、ご心配をおかけしました」

と、加奈子が頭を下げる。

――そうだ。十月十日。今日は、里加の通う私立B学園も体育祭だったのだ。

「体育祭、どうだったの？」

と、里加は美知子に訊いた。

「赤組の勝ち。――でも、里加のことが気になって、ちっとも楽しくなかったよ」

「その割には、お昼のお弁当はしっかり食べてたとか?」

「どうして分るの?」

里加は笑ってしまった。

担任の木谷早苗《さなえ》は、三十四歳で独身の、可愛い先生である。小さいが、バイタリティが溢《あふ》れんばかりなので、〈ミニ・ダイナマイト〉などというあだ名がある。

「よっぽど、体育祭を中止しようって提案したかったわ」

と、木谷早苗は言った。「でも、むしろいつもと同じにしていた方が、笹倉さんが助かるような気がして」

「先生……」

「許してね。私がついていたのに、あんなことになって……」

「やだ、先生。先生のせいだなんて思ってませんよ」

――三日前の日曜日。

里加たちのクラスの五人と、木谷早苗は、奥多摩の川沿いの道にトレーニングに出かけた。

クラス対抗リレーの選手に選ばれた五人――女の子三人と男の子二人だった。

急な流れに沿ってランニングをして、お昼は持って来たお弁当を食べた。

その後、みんなが一息ついて、その辺をぶらついているとき、それは起きた。

里加が急流に落ちたのだ。――岩が多くて、誰の視界にも入っていなかった。

里加がいない！　――大騒ぎになって、捜し回ったみんなは、ずっと下流で、浅瀬に引っかかって意識を失っている里加を、二時間後に発見したのだった……。

「リレー、何着だったの？」

と、里加は美知子に訊いた。

「二着。――里加がいないからね」

「代りに誰が出たの？」

「はあい」

と、三好淳子が手を上げる。「私のせいで負けたのよ」

「二着なんて、凄いじゃない。淳子、頑張ったね」

淳子も同じクラスで、小学校から一緒の幼なじみである。

「でも、アンカーにバトン渡す時点では四位だったのよ」

と、美知子が言った。

「じゃあ……」

「そう。田賀《たが》君が二人も抜いて……。怖いぐらい速かった！」

里加の胸が熱くなった。

「田賀君が。——そうなの」

と、肯いて、「ありがとうって言っといて」

「自分で言いな」

「——え？」

気が付くと、田賀徹《とおる》が、気おくれしている様子で、病室の入口に立っていた。

「——ほら、そばにおいでよ！」

美知子に引張られて、田賀徹はベッドのそばに来て、

「やあ」

と言った。

「やあ」

里加もそう返して、「心配かけたね」

「ああ……。リレーのとき、負けたら笹倉の具合が悪くなるような気がして」

「ありがとう」

と、里加は言った。

手ぐらい握りたかったが、みんながいる。先生も、母も。

でも、「一度死にかけた病人」の特権だ！　今なら何をしたって叱《しか》られないだろう。

里加は、田賀徹の手を固く握ると、

「みんな、悪いけど」

と言った。「田賀君と二人にして」

「里加……」

加奈子が何か言いかけたが、木谷早苗が、

「はいはい。それじゃ、みんな出ましょ」

と、他の子を促《うなが》したので、加奈子と香子も病室を出て行った。

「――笹倉」

田賀徹が照れている。

「病人の頼みは聞くもんよ」

と、脅迫同然にして、里加は田賀を引き寄せた。

「何だよ?」

「もう!　鈍《にぶ》い奴!」

里加は体を起こして、田賀に一瞬のキスをした。

「お前……。いかれちゃったんじゃないの?」

田賀が真赤になる。

「何しろ一度死んだんだから」

「香子ちゃんから聞いたよ。本当なのか」

「うん……。でもね、田賀君」

「何だ？」

「私――」

と言いかけたとき、ドアが開いて、

「里加！」

父、笹倉勇一が鞄《かばん》を投げ出して、「良かったな！」

と、病室の入口で立ちつくしていた……。

「そういう問題じゃないでしょ」

母の、怒ったような声が聞こえて来た。

里加は、ベッドで少し眠りかけていたが、気になって頭を上げた。

廊下で、父と母が話しているのだ。

父、笹倉勇一が札幌へ単身赴任してから、母との間がどうもギクシャクしているらしいと里加は感じている。

「だから夕方の便にするから」

「いいわよ。朝一番で向うへ戻りたいんでしょ？　戻れば？」

加奈子が病室へ入ってくる。「里加。起きてたの」

「お母さん。――あんまりお父さんのこと叱らないで」

「叱ってなんかいないわよ」

と、加奈子は笑って、「何か欲しいものは？　喉《のど》、かわいた？」

「じゃあ……お茶、ちょうだい」

「待っててね」

母が出て行き、入れかわりに父がそっと入って来た。

「お父さん……」

「どうだ？」

父を近くで見て、里加は改めて気付いた。

――母がこの三日間で一気に白髪がふえたように、父はこの一年の単身赴任で大分変った。

少し太り、むろん老《ふ》けもしたが、そういうことでなく、何だか雰囲気が変ったのである。

「――お母さんに叱られてた？」

「ああ。いつものことだ。平気だよ」

と、父は笑った。

「でも……一人なんだし。体に気を付けてね」

「ありがとう」

「暮れは――帰ってくる？」

「そのつもりだ。お前も用心してくれ」

「一度死にかけたから、もう大丈夫」

と、里加は言った。

ドアが開くと、香子が入って来た。

「香子。お父さんと一緒に帰りな」

「――いいけど」

香子は、ちょっとキョトンとしていたが、すぐに分ったらしい。

母がお茶をいれて来てくれ、里加は、父と妹が帰って行くのを、手を振って見送った。

「お母さんも、ずっとついてなくても大丈夫だよ」

「何言ってるの」

「明日、代休で香子も学校休みだし。少し休みなよ」

「そうね……。じゃ、明日の昼間、香子にいてもらって、一旦戻るわ。着替えも持って来たいし」

「私、あとどれくらい入院してればいいって？」

「一週間は様子を見るって」

「一週間か……」

──里加は、ぼんやりと天井を見ていた。

「ちょっと、電話してくるわ」

加奈子が出て行くと、里加は一人で、何度も何度も、落ちたときのことを思い出そうと努力した。

しかし──田賀に言いかけて話さなかったこと。

それは、里加が落ちたのではなく、誰かが里加を流れに向って突き落としたのだ、ということだった……。

3　眠りの中で

あれ？

里加は、自分の周囲を見回した。——どうしてこんな所にいるんだろ、私？

そこは看護師さんの休憩する部屋のようだった。小さな椅子がいくつかあって、飲物の自動販売機が並んでいる。

私……どうしてここへ来たの？

病室のベッドで寝ていて、目を覚ましたり、ベッドから出たりした記憶もない。

「——夢かな」

と、呟《つぶや》く。

でも、夢で、こんな所へ来るかしら？

それとも夢遊病みたいに、知らない内に歩いて来たのか……。

そのとき、廊下で足音と話し声がした。

「——じゃ、頼めるかな」

「ええ、いいですよ。先生に任せといたら、当日になっちゃう」

と、明るく言っている声は、里加にも誰のものか、すぐ分った。

ドアが開いて、

「ホテルと列車の予約、取っとけばいいんですね」

と、入って来たのは、看護師で、里加もずいぶんお世話になっている「みどりさん」。

「悪いな、忙しいのに」

と、続いて入って来たのは、今夜の当直、根岸《ねぎし》先生。

だが——二人とも、目の前に立っているはずの里加を見ようともしない。

やっぱりこれは夢の中なんだろうか？

「今はそう難しくないんですよ」

みどりさんがメモを取る。

「君も一緒に行かないか」

と、根岸先生が言った。

根岸先生は里加の主治医ではないが、里加が救急車で運び込まれたとき、たまたま手が空いていて、応急処置を施《ほどこ》してくれた。

その縁で、意識が戻ってからも里加の所へ時々顔を出してくれる。

三十二歳。風采《ふうさい》はあまりパッとしないが、人のいい先生という評判で、看護師さんの間でも好かれている。——付け加えると「独身」。

それも、里加はちゃんと聞き込んでいた。

「ありがとうございます」

と、みどりさんが言った。「でも、そう自由に出られないんで」

「うん、分るけどね。――でも、一日、二日、預かってくれる人がいるんじゃないの？」

「だといいんですけど」

と、みどりさんは笑って、「がめつい妹の所へ預けると後が怖いんで」

里加には、みどりさんの言うことも理解できた。

みどりさんは二十八歳。看護師として、もう十年のベテランだが、二つになる男の子がいる。――未婚。

婚約していた男性が事故で死んで、みどりさんは半年後に彼の子を産んだのだ。

両親が東北にいるということで、子供をずっと預けておけない身なのである。

「無理にとは言わないよ」

と、根岸先生は肯いて、「それじゃ……。後で、田中さんの様子、知らせてくれ」

「はい」

みどりさんのようなベテランだと、安心して任せておける、ということだろう。根岸先生も念を押すようなことはしない。

そして――里加は、一人になったみどりさんが、何だか突然気が抜けたように、ベタッと椅子に座り込むのを見て、びっくりしてしまった。

みどりさんは深い深いため息をついた。

それは、里加のような十六歳の女の子がきいていても、胸が痛くなるような、せつない、やるせないため息だった。

ポケットから何かを取り出すと、みどりさんはじっと見つめている。

里加は、そっとみどりさんの背後に回って、その手もとを覗《のぞ》き込んだ……。


「――やあ」

明るい病室に根岸先生が気さくな笑顔を見せて、入って来た。

「あ、先生」

里加が微笑む。

「明日、退院だって？」

「はい。お世話になりました」

「良かった。――あのまま助からなかったら、僕の処置が悪かったのかもしれない、って悩んだだろうな」

「お母さん、今、お昼を食べに……」

「よろしく言っといてくれ。明日は休みだから」

「そうですか」

里加は根岸先生と、強く握手をした。

そして——ふと言っていた。

「先生。私じゃなくて、先生が手を握りたいと思ってる人、いるんじゃないですか」

「——何のこと？」

「みどりさん……先生のこと、好きなんですよ」

根岸先生が、ちょっと周囲を見て、

「僕も誘いたいんだけど、彼女の方が——」

「今度、温泉に行くんでしょ？」

「週末にね。よく知ってるね」

「みどりさん、一緒に連れて行けば」

「うん……。一応、声はかけたけど——」

「『一応』なんて、だめですよ！」

と、里加は言った。「どうしても行ってくれ、って言わなきゃ」

「そうかな……。彼女、子供を置いていけないって言うんだ」

と、周囲に聞こえないように小声で言う。

「だったら、子供さんも連れてけばいいんです」

と、里加は言った。「お医者さんと看護師さんが何人もいるんですよ。心配ないじゃありませんか」

根岸先生は、目をパチクリさせていたが、

「——そうか。預ける、ってことしか考えてなかった」

「連れてけば、他の看護師さんたちも可愛がってくれますよ。——みんな、先生とみどりさんのこと、やきもきしながら見てるんですもの」

「——本当に?」

「鈍いんだから! 退院する前に、これだけは言ってやろうと思ってた」

里加の言葉に、根岸先生は笑い出した。

「そうか! 君に言われて勇気が出て来た」

「それじゃ——」

里加はベッドの枕のわきへ手をやって、ナースコールのボタンを押した。

「里加さん、なあに?」

「すみません、みどりさんいます? 急いで来てほしいんですけど」

目を丸くしている根岸先生の手を、里加はしっかり握って離さなかった。

すぐにドアが開いて、

「里加さん、どうしたの?」

と、みどりさんが入って来る。

「すみません。代りに呼んだんです」

「代り？」

「根岸先生の代り」

「先生、何かご用だったんですか？」

「うん……。あのね……」

根岸先生は咳払いして、「週末の旅行に、もう一つ、席が取れるかな」

「ええ、たぶん大丈夫でしょ」

と、当惑顔で、「一人ふえたんですか？」

「本当は二人だけど――二歳じゃ座席一つはいらないだろ」

みどりさんはポカンとして立っていたが、やがてその意味が分って真赤になった。

「でも――皆さんの迷惑になります」

と、口ごもる。

「他の奴がいくら迷惑がってもいい！　僕はぜひ来てほしいんだ」

「先生……。いいんですか？」

「仕事は誰かに代ってもらって。いいね」

「――はい」

と、みどりさんは肯いた。

女子高生みたいな、弾んだ声だった。


「――退院おめでとう」

と、看護師さんが声をかけてくれる。

「お世話になりました」

里加と、母の加奈子、二人でこの言葉を何度口にしただろう。

「お姉ちゃん、歩ける?」

妹の香子も来て、手をひいてくれる。

ほんの十日ほどだが、ずっと寝ていると、たちまち足が弱る。それはびっくりするくらいだった。

「待っててね。精算してくるから」

加奈子が会計の窓口へ行っている間、里加は待合室の椅子に座っていた。香子は、手さげの紙袋を買いに、売店へ駆けて行った。

――あれは何だったんだろう?

みどりさんが、根岸先生と一緒に写っている写真を眺めて、涙ぐんでいるのを、はっきりと里加は見た。

夢ではない。——夢なら、ああいうことにはならないだろう。

でも——あのとき、二人の目に里加は見えていなかったのだ。

そんなことが……。

「里加ちゃん！」

と、声がして、びっくりした。

「根岸先生。お休みじゃないんですか？」

「君にお礼を言いたくてね」

と、ブレザー姿の根岸先生は、隣にかけると、「思い切って誘って良かった」

「でしょ？」

と、ちょっと得意げに、「旅行先で、しっかりね」

「うん、それが……」

と、口ごもっている。

「どうかしたんですか？」

「昨日、夜、食事を一緒にしてね」

「あら」

「ゆうべ、プロポーズしちまった」

里加は唖然として、

「それじゃ……」

「彼女も、即座にOKしてくれた！」

根岸先生も赤くなっている。「今度の旅行先で、みんなに発表するよ。——ありがとう！」

「いいえ……」

里加は、呆気《あっけ》にとられていた。

——まあ、妙な体験が役に立ったわけだ。

でも……あれだけで終るのだろうか？

「里加、すんだわよ」

と、加奈子が戻って来て、「あ、先生！　本当にありがとうございました」

根岸先生があわてて立って、

「いえ、こちらこそお世話になりまして！」

と言うので、

「はあ？」

母が面食らっているのを見て、里加は笑いをかみ殺していた。

——病院の玄関を出て、タクシーに乗り込む。

ふしぎな気分だった。

「もう出て来られないのかと思ってた」

タクシーが走り出すと、里加は言った。

「やめてよ。妙なこと言わないで」

と、加奈子が顔をしかめる。

「――退院ですか」

と、運転手さんが言った。「良かったですねえ。よくあの病院の前で乗せますけど、お客さんの様子で、どんなだか分るでしょう。今日みたいだと、こっちも気が楽です」

里加は、遠ざかる病院を、いつまでも振り返って見ていた……。

4　退院祝い

退院、というのはふしぎなものである。

たった今まで、「別の世界」へ行っていて、突然「現実」へ引き戻される感じ。

それは、一旦「あの世」へ行きかけた里加が、戻って来たときとも似ていた。

タクシーが見慣れた町並へ入って行くと、里加はふしぎなときめきを覚えた。

毎日歩いていたはずの道が、コンビニやスーパーが、バス停の屑《くず》カゴさえもが、まるで命を持っていて、里加に向って、

「お帰り！」

と呼びかけているかのように感じられて、里加の胸が熱くなった。

「――二度とこの町を、見られなかったかもしれないんだ」

と、里加が言うと、

「お姉ちゃん、泣いてる？」

香子はからかうように言ったが、そう言う香子自身、目が潤《うる》んでいた。

「――さあ、帰って来たわ」

と、母、加奈子が言った。

タクシーを降りると、里加は我が家をしみじみと眺めて、

「ただいま」

と言ったのだった。

「――あら、退院？」

と、声をかけて来たのは、少し先のクリーニング屋の奥さんだった。「里加ちゃん、良かったわね！　おめでとう」

「おかげさまで」

と、加奈子が言った。「――あ、ずいぶんクリーニング、上ってるのがたまってますよね」

「ええ、いつでもいいですよ。――じゃあね、里加ちゃん」

里加は黙って頭を下げた。

自分の部屋。

ドアを開ける感触が、手によみがえってくる。――そうだ！　この感じだったわ。

部屋は、里加があの日、集合時間に遅れそうになって、あわてて飛び出したときのままになっていた。

ベッドカバーが半分床へずり落ちているのも、パジャマがクシャクシャになって勉強机の前の椅子にかかっているのも……。

「お姉ちゃんがあんなことになってね」

と、香子がいつの間にかすぐ後ろに立っていて、「お母さん、退院して来るまではこの部屋のもの、ゴミ一つも手をつけないって決めたんだって」

「そうか……」

里加は、カーテンを開けて、「じゃ、掃除もしてないんだ」

と、笑って言った。

「──お姉ちゃん、お帰り」

香子が、いやにしんみりと、「もし……お姉ちゃんが帰って来なかったら……」

「香子──」

「私がこの部屋、使おうと思ってたのに」

里加はふき出して、

「こいつ！」

と、妹をこづいた。

母が階下《した》から、

「里加。電話よ」

と、呼んだ。

「はあい。──誰だろ」

里加は、いささか狭くて急な階段を下りて行った。

母が顔を出して、

「急いで、落っこちないでよ！」

と言ったので、

「そう何度も落ちないわよ」

と、里加は言い返してやった。「電話、誰から？」

「何だか、遠くてよく聞こえないの」

居間へ入って、受話器を上げると、

「もしもし、里加ですが」

と、少し大きな声で言った。

そして──しばらく向うの声に耳を傾けていたが、

「──ええ、大丈夫です。──はい、分りました……」

里加の声が少しトーンを落として、通話は終った。

何だかぼんやりしている里加を見ていて、加奈子は気になり、

「里加、何だったの？」

と訊いた。

里加は少し間を置いて、

「――え?」

と、やっと気付いたように母の方を振り向いた。「お母さん、どうしたの?」

「どうしたの、って……。あんたこそ。――誰からだったの、電話?」

「うん? ああ……。ちょっと……知ってる人」

「そりゃ知ってる人だろうけど……。女の人だったわよね」

「うん。――いいの。大したことじゃないの」

そう言うと、里加は二階へと駆け上って行った。

「里加――」

加奈子は、不安になって後を追いかけようとしたが、思い直して、

「電話で死ぬわけじゃないしね」

と、呟いたのだった……。

自分の部屋へ戻った里加は、香子へ、

「ね、悪いけど少し寝るから、一人にして」

と言った。

「いいよ。大丈夫？」

「具合悪いわけじゃないの。少し疲れただけよ」

「分った」

さすがに生意気な妹も、まだ気をつかっているようだ。

「ああ、そうだ……」

里加は勉強机の上へ目をやって、「私の携帯電話、知らない？」

机の上に、スタンド式の充電器が空で置かれている。

「知らないよ。お姉ちゃん、あのとき持ってってたんじゃないの？」

「そうかもしれない」

「バッグ、そのまま手つかずに置いてあるよ、洋服ダンスの中に」

と言って、香子は出て行った。

里加は洋服ダンスを開けると、中からトレーニングのとき持って行ったバッグを取り出し、口を開けてみた。

携帯電話が出て来た。もちろん、電池が切れてしまっている。里加はそれを机の上の充電器に立てた。

赤いランプが点灯し、携帯電話が息を吹き返してホッとしたように、里加には見えた。

そんな風に考えるのは馬鹿げているかしら？

一旦死の世界に足を踏み入れようとした自分が、生命を取り戻した、あのときのことを、この小さな携帯電話に重ね合せて見るなんてことは……。

何だったんだろう？

母の問いに答えられなかったのは、里加自身にも何だか分っていなかったからである。

あの電話。——遠い所からの電話。

「ちゃんと帰った？　帰れたのね、電話に出てるところを見ると」

あの声……。

あれは、あの世へ渡る川の向うで、里加に「帰りなさい！」と厳しく命じた、おばあちゃんの声だったのだ。

「気を付けてね」

と、その声は続けて言った。「あんたの中のどこかが変ったのよ。それを見付けたら、他の人に知られないように気を付けてね」

あれは何だったのだろう？

まさか、母に本当のことを言うわけにはいかない。

おばあちゃんからだったんだよ、などとは……。

すっかり眠りぐせがついてしまったようで里加は本当にベッドでしばらく眠っていた。

「──お姉ちゃん」

香子が起こしに来る。「ご飯だよ！」

「うん……？」

目を覚まして、初めて自分が眠っていたのを知った。

「よく眠れるね、そんなに」

と、香子がからかった。

「うん……」

起き上った里加は、「今、雨が降った？」

「雨？　降らないよ」

と、香子がふしぎそうに、「夢でも見たんじゃないの？」

「──そうかな」

里加は頭を振って、「すぐ行くよ。ちょっと顔を洗ってから」

「うん」

──里加はベッドから出て、伸びをした。

ザーッという雨音を、確かに聞いたような気がするのだが……。

眠っていたんじゃ、あてにはならない。

一階へ下りて、バスルームへ行き、洗面所で顔を洗う。

タオルで顔を拭《ふ》くと――湿った、暖い空気に気付いた。

「――お腹空《す》いた」

と、ダイニングへ入る。

「今日は、里加の好物ね。肉ジャガとシューマイと……」

「ごっちゃまぜ料理だ」

と、香子が笑っている。

「ね、香子、お風呂に入ってた?」

と、里加は食べ始めながら訊いた。

「え? うん、シャワー浴びたよ。どうして?」

「別に、いいの」

里加は首を振った。

シャワーの音だったのだ。雨かと思っていた。

でも、下でシャワーを浴びたって、その音が二階で寝ている里加の耳に届くなんてことがあるだろうか?

しかも、今になって、里加はバスルームのガラス戸のくもった向うに、シャワーを浴びている妹の体さえ見ていたことを思い出していたのだ。

単なる空想か。――でも、もしこれが本当なら、あの病院での根岸先生とみどりさんの話を聞いたことも、やはり事実だったんだ。

こんなことってあるのだろうか？

「あ、誰か来た」

と、香子が立ってインタホンに出ると、「——お姉ちゃん、美知子さん」

「美知子？　来てるの？」

あわてて玄関へ急ぐ。

ドアを開けると、

「退院おめでとう！」

と、安井美知子と三好淳子、そして田賀徹の三人が一斉に声を上げた。

「待ってたわ。上って」

と、加奈子が出て来る。

「お母さん、知ってたの？」

「ケーキを用意して来てくれることになってたのよ」

加奈子は笑って言った。

ケーキだけじゃない。それぞれ母親から、色んなおかずを託されて来て、食卓はたちまち一杯になってしまった。

「みんな、食べ過ぎないでね」

加奈子の言葉は、聞き入れられそうもなく、にぎやかな退院祝いの宴《うたげ》が始まった……。

5　登校

「色々ありがとうございました」

と、母が何人もの先生に会う度に礼を言うので、里加は恥ずかしくなって、

「お母さん、もう帰ってもいいよ」

と、母の肩をつつきながら言った。

「何言ってるの。木谷先生にご挨拶《あいさつ》しないで帰れるわけないでしょ」

と、加奈子は職員室の中を歩いて行く。

木谷早苗の席は奥の方なのだ。――小柄な後ろ姿が目に入った。

「電話中だよ。待っていようよ」

と、里加は言った。

――昼休みなので、職員室も空いている。全部の先生に挨拶していたら、一時間かかっても終らなかったろう。

笹倉里加は、ほぼ三週間ぶりに学校へ出て来た。来週の月曜日からにするつもりだったが、金曜日の今日、

「もう大丈夫」

と、里加自身が言って、午後から登校して来たのである。

十月も末に近く、B学園の構内は少し木々が色づき始めていた。久しぶりに着たブレザーの制服は少しゆるくて、やせたという実感がある。

木谷早苗は、電話で話し込んでいて、里加たちに全く気付いていない。——声をかけるのもはばかられて、加奈子と里加は少し手前で足を止めて待っていた。

ふと窓の方へ目をやると、校庭でサッカーをしている男の子たちが見える。

あれ……。田賀君かしら？

走る姿が、それらしく見える。遠過ぎて顔は分らないけれど。

じっと見ていると、不意に耳の奥がツーンと鳴るような感じがして、

「田賀！　こっちへ回せ！」

「右だ、右！」

と、叫んでいる声が、突然すぐ近くに聞こえた。

これ、何？　校庭で駆け回っている子たちの声？　でも、こんなに離れていて、しかも窓ガラスの向うなのに、聞き取れるわけがない。

ふと、注意を木谷早苗の方へ戻すと、

「もう飛行機が出るから、行くよ」

という男の声が聞こえた。

「ごめんなさい、引き止めて。気を付けてね。危い場所に行かないで。飲み水に注意して」

せき立てられるように早口でまくし立てる木谷先生。——男の声は、電話の向うだ！

どうして聞こえて来るんだろう？

「愛してるわ」

囁《ささや》くように、木谷先生は言った。

「笹倉！　出て来たのか」

と、通りかかった先生が声をかけて行く。

その声が聞こえたのか、木谷早苗がハッと振り向いた。

そして電話を切ると、

「まあ、出て来られたのね！」

と、立ち上って、「嬉しいわ」

「長いこと、ご心配かけまして」

母と木谷先生とのやりとりを聞きながら、里加は、今聞いていたのは本当の会話だったのかしら、と考えていた。

午後の最初の授業の前に、木谷早苗は里加を伴《ともな》って教室へ入って行った。

ざわついていた教室の中が一旦静かになったが、里加を見ると、たちまちにぎやかになり、続いて拍手が起った。

「──皆さん、静かにして」

と、木谷早苗が笑顔で言った。「笹倉里加さんが戻って来ました」

もう一度拍手が起る。

「皆さんも知っている通り、笹倉さんは一度は亡くなったかと思われたのに、こんなに元気になって帰って来ました」

男子生徒の中から、

「しぶといぞ！」

と、声が飛んで、みんながドッと笑った。

「皆さんで歓迎しましょうね。そして、三週間近く休んでいたわけですから、何かと笹倉さんの力になってあげてください」

木谷早苗が、里加の方を向いて、「じゃ、笹倉さん──」

「はい。──どうもお見舞をありがとう。すっかり元気です。また学校へ来られて、とても嬉しい」

ペコンと頭を下げて、拍手の中、元の席へと机の列の間を歩いて行った。

隣は、幼なじみでリレーに里加の代りで出た三好淳子である。

「お帰り」

と、淳子が言った。

「ただいま」

「机の上にお花を飾ることにならなくて良かった」

二人は顔を見合せて笑った。

木谷先生が出て行き、教科担当の先生がやって来るまでの間に、里加は淳子のノートをパラパラとめくった。

「何か変ったこと、あった？」

といっても、淳子は里加の家に何度か見舞に行って、おしゃべりしている。

「――そうそう。木谷先生、この間お見合したって噂だよ」

と、淳子が言った。

「お見合？」

「この前の日曜日にね。でも、私も今朝聞いたばっかりだから、本当かどうか確認取れてない」

里加は、さっき職員室で聞いた木谷先生の電話を思い出していた。

「愛してるわ」

と言った、あの木谷先生の声音は、せつなくて、熱かった。

お見合したばかりの相手に、あんな言い方はしないだろう。ということは、「恋人」がいるということで、それでいてお見合をした？

では、さっき飛行機で、それも先生の言葉からして、どこか外国へ行こうとしていたあの相手の男性は——結婚している人なのかもしれない。

「——里加」

と、淳子がつついた。「田賀君が何か言いたそうにしているよ」

振り向くと、田賀徹が小さく手を振った。里加は微笑んで、手を振り返した。

帰り道。本当は田賀と二人で、といきたいところだったが、そこは男の子同士の目もあって、里加は田賀に、

「また明日！」

とだけ声をかけて学校を出た。

帰り道でも、何人もの子から声をかけられ、里加は校門を出るまでにもずいぶん時間がかかってしまった。

三好淳子はクラブがあって、帰りは安井美知子と一緒だった。

「家まで送ろうか」

と、美知子は言った。「途中で気分でも悪くなったら……」

「平気だよ、もう」

と言いながら、他の理由で里加は美知子と帰りたかった。

結局、家まで一緒に行くことになったが、途中、

「糖分を補給した方がいい！」

という点で二人の意見は一致し、一緒にクレープのおいしい店に入ったのである。

奥のテーブルで、熱いクレープを食べながら、里加は迷っていた。

話していいものかどうか。――いや、遠くの人の声が急によく聞こえたりすることのように、「自然を超えた」出来事については、話す気はなかった。

時間がたてば、こんなものは消えていくかもしれない。しかし、現実に起ったことは、消えない。

「――美知子」

「うん？」

「これ、二人だけの秘密ね」

里加は、こういう言い方をめったにしない。美知子も、冗談ではないと分ったらしい。

「分った。――何のこと？」

「私が川へ落ちたときのことだけど……。誰も見てなかったんだよね」

「うん。みんな思い思いに時間潰《つぶ》してたから」

「私ね――足を滑らして落ちたんじゃないの。誰かが私の背中を突いて、川へ落としたのよ」

美知子が呆然として、

「――間違いないの？」

「自分のことよ。はっきり憶《おぼ》えてる。私、手がちょっと汚れたんで、水で洗おうとして、岩の端へ行って、しゃがんで手をのばしたの。そのとき、足音がした」

「足音？」

「小石を踏む足音が背後で聞こえたの。次の瞬間、誰かが両手で背中をドンと突いたのよ」

「見えなかったの？」

「相手？　無理よ。流れに頭から突っ込んじゃったんだもの」

「でも、それって……」

「犯罪だよね。殺人未遂になると思う」

美知子は、自分のクレープを食べてしまうと、

「それ、警察の人に話したの？」

「誰にも。――美知子だけよ。お母さんにも言ってない」

美知子は少しの間、どう考えたものか分らない様子だったが、

「──誰かが、里加を恨《うら》んでた、ってこと？」

「考えたくないけど……。でも、そういうことになるよね」

「でも誰が？」

「見当もつかない。──私、殺されるほど人に恨まれること、してないと思うんだ」

「そうだね……。それに、あのとき、近くに人なんかいた？」

「分らない」

「練習に行った五人のリレーの選手……。里加以外の四人の誰かがやった？」

「そうは思いたくないの」

と、里加は言った。「だって──理由ないじゃない。美知子の他には、田賀君と大和《やまと》ユリちゃん、それに服部君……。あと、木谷先生」

「里加、他の子の彼氏を奪った、とか？」

「やめてよ。──私たち六人以外だって、あの林の中だもの、いくらも隠れる場所はあったわよ」

「それはそうだけど……。私たちがあんな所で、リレーのためのトレーニングやるなんて知ってた人、いたかしら？」

「分らない。──それとも、見たことも会ったこともない誰かが、面白がってやったのか

……」

「そうね……。でも、あの流れに突き落とされたら死ぬと思うよ、誰でも」

「分らないの……。考えたくない。でも、その『誰か』にしてみれば、やりそこなったわけでしょ？　また私を殺そうとするかもしれない」

「里加……。やっぱり理由だよ！　動機っていうのかな。人を殺すなんて、よほどのことがなきゃ、しないよ」

里加は何も隠しているわけじゃない。

しかし、十六歳の身で、それほど人に憎まれるようなことをしただろうか？

それとも――自分が大したことと思っていなくても、他の誰かにとっては、人殺しをする理由になったのかもしれない。

「せっかく生きて帰ったんだもの、死にたくないよ」

と、里加は少し冗談めかして言ったのだった。

6　香子の夢

あ、香子がＣＤかけてる。

玄関のドアを開けながら、里加は思った。

「――ただいま」

と、靴を脱いで上りながら、いつもの習慣で、そう口に出して言うと、驚いたことに二階から聞こえていたトランペットの音がピタリと止んで、少し間があってから階段をトントンと下りて来た香子が、

「お帰り！　今日から行ったんだって、学校？」

その左手には金色のトランペットがあった。

「うん……」

「大丈夫だった？　友だちの顔とか、忘れてなかった？」

「当り前でしょ」

と、里加は言いながら、聞こえていたのはトランペットだけで、他の楽器の音が全くなかったことに気付いていた。「香子、今のトランペット、あんたが吹いてたの？」

「そうだよ。どうして？」

里加は、皮肉も何も言う余裕はなく、

「あんた、ずいぶん上手になったのね！」

と言っていた。

香子がびっくりして、

「何よ。――変なこと言わないでよ。調子狂っちゃうじゃない」

と、それでも顔を赤らめて嬉しそうだ。

「お世辞じゃないよ。いつの間にそんなに練習したの？」

里加は居間へ入ると、「――お母さん、帰ったんだけどな、私より先に」

「また出かけたみたいだよ。〈七時ごろ帰る〉ってメモが……」

「置いてあった？　いつものパターンか」

と、里加は笑って言った。「退院したら、たちまち元通りだ」

「でも、ホッとしたんだよ。お姉ちゃんが助かって。お母さん、夜もろくに寝ないで、つきっきりだったんだし」

「別に文句なんか言ってないよ」

それより、里加は改めて言った。「――お世辞じゃないよ。あんたのトランペット、本気で賞《ほ》めてんだから」

「へへ、雪が降るね」

そう言って、香子はちょっと舌を出すと、二階へ戻って行った。

――リレーの選手に選ばれていたことでも分るように、里加はスポーツが得意だが、香子の方は、まるでそういうタイプではない。

B学園中学部で、香子はブラスバンドに入って、トランペットを吹いている。むろん、入部して初めて手にした楽器である。

香子が一年生のときには、里加も、ずいぶん調子っ外れの、かすれた音のトランペットを聞かされたものだ。

それが、今は一瞬、プロの演奏かと思うほどしっかりした音を出している。――里加は素直に驚き、そして感心していた。

人はいいが、呑気《のんき》であまり努力というものをしない妹のことを、里加は時々苛々《いらいら》しながら見ていたから、このトランペットの上達ぶりが嬉しかったのである。

台所でウーロン茶を一杯飲んで、二階へ上って行くと、閉じたドアの向うから、いささか遠慮がちに音量を抑えたトランペットが聞こえてくる。

邪魔せずに、里加は自分の部屋へと入った。――楽器というものは、大きな音より小さな音をコントロールして出す方がずっと難しいのだ。香子がきちんとそれをやってのけているのを聞いて、里加は香子が「本物」になったのを喜んだ。

楽器に限らないが、どんな「習いごと」でも、少しやっていくと必ず高い壁に突き当る。そこでいやになってやめてしまうか、努力してそれを乗り越えるか。そこで人は大きく二つに分れるのだ。

おっとりとしていた香子は、今まで「すぐに諦《あきら》める」ことが多かった。末っ子らしい、と言えばそうなのだが、見ていて歯がゆい思いをすることもしばしばだった。

その香子が……。

「――何だか、いやに母親じみたこと考えてる」

と、里加は自分をからかうように言って、制服を脱いだ。

そして、ふと、

「香子……。恋をしてる？」

と、呟いたのだった。

そう。――香子は恋をしていた。

そして、トランペットが自分でも信じられないくらい楽々と、思い通りに鳴るので、面白くてたまらなかった……。

恋って凄い。

譜面一つ読めなかった香子が、ここまでやって来られたのは、専《もっぱ》ら「恋」の力である。

トランペットのピストンを押す手を休めると、その金色に磨き上げた楽器を机の上に置き、引出しを開ける。

何重にも重ねたノートの下を探ると、香子は一枚の写真を取り出した。

――ブラスバンドの合宿で泊った温泉の旅館。そこのロビーで、浴衣《ゆかた》姿で並んで写真に納まっているのは、香子と、ブラスバンドの顧問である若い教師、畠山《はたけやま》である。

足も長くない、美形でもない、およそ「香子の好み」とは程遠いはずの畠山に、どうして恋しているのか、香子自身もよく分らない。

ただ、一年生からトランペットを与えられて、ろくに音も出ず、もうブラスバンドをやめようかと思っていたとき、たまたま練習で、きれいにトランペットが鳴り、それを聞いた畠山が、

「いい音じゃないか！　それでいいんだ」

と、本当に嬉しそうな笑顔を見せてくれたのだ。

そのとき、香子はそれまでに味わったことのない、胸をしめつけられるような快い痛みを味わった。――これが恋か。

その瞬間から、畠山は香子の「恋の対象」となって来た。

トランペットの練習にも熱が入って、ともかく、「畠山先生からほめられたい！」という思いが、香子を突き動かして来たのである。

――畠山光矢《こうや》は二十八歳で独身。

香子にとっては「光り輝く王子様」だが、他の女の子たちには一向にもてない。

「人はいいけどね、見映えがいまいち」

というのが、一般的な畠山評であった。

でも、もちろん恋する身には、他人の意見なんかどうでもいい。

香子は、姉をびっくりさせる以上に、自分自身が驚くほどトランペットの腕を上げ、文化祭での定期演奏会ではソロパートを吹かせてもらえるかもしれなかった。

香子は二年生で、上級生がソロを取るのが通常なのだが、純粋に腕前だけで言えば、香子がトップという点は、誰もが認めつつあった……。

あれ、お母さんじゃないの？

――二階の自分の部屋の窓を開けて、里加は通りを眺めていた。

時々、そうして通りを見下ろして、行《ゆ》き交《か》う人たちを眺めているのが、里加は好きだった。

そろそろ黄昏《たそが》れて、それでもまだ街灯が点《つ》くほどでもない。

通りは、車がやっとすれ違えるような細い道で、今、ちょうどタクシーが一台、角を曲って見えたところだった。

そのタクシーは、家から数十メートル手前で停《と》まり、降りたのが、どうも母の加奈子のようだったのである。

でも、母なら家の前で降りるだろうし……。

その人は一人ではなかったようで、支払いもせず、車の中へ向ってちょっと頭を下げた。

タクシーはドアを閉めて、そのまま再び走り出し、笹倉家の前を通り過ぎて行った。

——里加は窓を閉め、カーテンを引いた。

もう着替えて、ブレザーは洋服ダンスに納まっている。

自分の部屋を出ると、階段を下りて行く。わざとゆっくりと。

そして下り切ったところで、玄関のドアが開いて、加奈子が入って来た。

「——お帰り」

「あ、もう戻ってたの？　どう？　大丈夫だった？」

と、加奈子は言った。

「うん。何ともないよ」

「それならいいけど……。体育の授業は、もう少し休ませてもらうのよ」

「うん……」

加奈子は、紙袋を手に台所へ行った。

「——香子は？」

ら」


「二階にいる」

「じゃ、夕ご飯の用意するわね」

「そう急がなくても。――着替えたら?」

「そうね。おかず、買って来たの。冷蔵庫へは入れなくていいわね、どうせすぐ食べるか
加奈子は、二階へと上って行った。

――里加は、少し間を置いて二階へ上ると、寝室で母がスーツを脱いでホッと息をついているのを覗いた。

「――お母さん」

「なあに?」

「十一月の文化祭のとき、お父さん、帰って来る?」

「来ないでしょ、きっと。忙しい人だから」

と、加奈子は肩をすくめた。

「でも――言ってみたら? 香子、トランペット、凄く上手《うま》くなったし」

「そうね。――帰れればいいけど」

「電話してごらんよ。連休なんだし」

「どうかしらね……。あてにしない方がいいわよ」

加奈子は服を着ると、「——里加、電話してごらんなさいよ。里加の言うことなら、聞くかもしれないわ」

「でも……」

里加は、また母を追うように一階へ下りて、

「——お母さんが電話した方がいいよ。夫婦でしょ」

加奈子は台所の蛇口で手を洗いながら、

「何よ、変な子ね」

と笑った。「もう二十年近く夫婦やってるんだもの、今さら……」

「だけど、やっぱりお母さんが言えば、お父さんだってその気になるかも」

「夜になったらかけてみるわ」

加奈子はタオルで手を拭いて、「どうせ遅くならないとアパートに戻ってないんだから」

「うん……」

「手伝ってくれる？」

「いいよ」

里加は皿や茶碗を出して、テーブルに並べた。

「——どこに寄ってたの？」

と、里加は訊いた。

「え？」

「学校出てから、どこへ行ってたのかな、と思って」

「ああ。――カルチャーセンターで一緒の奥さんに、画廊に絵を見に行きましょうって誘われてたのよ」

「絵か」

「そう。お母さんの年齢から描き始めて、十五年やって、すっかり有名になってる人がいるの」

「お母さんもやれば？」

「絵はどうもね。――その内、何かやってみたいけど。陶芸とか、何か物を作る趣味をね」

「頑張って」

里加は、母の髪が黒く染めてあるのに気付いた。

母は紛れもなく「女」に見えた。

7　ニュース

「里加！　――ねえ、里加！」

土曜日の放課後、里加が教室を出ると、呼び止める声がした。

「ああ、ユリ」

同じクラスの大和ユリである。一緒にいる服部広明はクラスでの公認のボーイフレンド。二人ともあのリレーで走っている。背が高く、足もスラリと長くて、見るからにバランスの取れた組み合せである。

「ね、私、任されちゃったの」

と、大和ユリは言った。「里加の全快祝いやろうって声が一杯あってさ」

「そんな……。大げさだよ」

里加としては気が重い。

「大げさってことないさ。あんな事故で、助かったんだからな」

と、服部が言った。「でも、笹倉の気持次第だ。ユリが、代表して訊けって言われてるんだよ」

里加は迷った。――助かったのを祝ってくれるといっても、当人にとっては、ポンと肩を叩かれて、「良かったな」と言われてすむことではない。

それに――この二人は知らないことだが、里加は誰かに流れへ突き落とされたのだ。

でも、そんなことはユリや服部のせいではない。

もし里加が、

「そんなこと、やめて」

と言ったら、ユリが困るだろう。

服部も、口には出さないが里加に承知してほしいと思っている。それは態度に現われていた。

「――いいわ」

と、里加は言った。

「ありがとう！　良かった！」

ユリが里加の手を握って、ピョンと飛びはねた。

「ありがとう、って私の方が言わなきゃいけないんじゃない？」

と、里加は笑って、「いつにするの？」

「うん、文化祭が近いから、終るまではみんな落ちつかないし、急な用で日曜日に呼び出される人もいるし。十一月の十日ごろでどう？　里加の空いてる日、教えて」

「私はそう忙しくないけど……。土日の方がいいのかな」

「土曜の夜が一番出やすいだろうな、みんな」

と、服部が言った。

「そうね。――いいわよ、その土曜日で」

「分った！　これで計画立ててみる。お店とか決める前にまた相談するから」

「了解」

里加は、手帳を取り出して書きつけると、「私、会費タダ？」

と訊いて笑った。

――ユリと服部が行ってしまうと（二人はしっかり手をつないで歩いていた）、里加は職員室へ向った。

休んでいた間の勉強で、木谷早苗がプリントをくれることになっていたのだ。正直なところ、美知子や淳子のノートを写させてもらっているので、大方のところは分っていたが、先生の方が不安なのだろう。

「――失礼します」

と、職員室のドアを開け、中へ入って行く。

昨日ここへ入ったとき、早苗が誰かと電話で話していたこと――そしてその内容が里加の耳に入って来たことを思い出した。

今日は、電話中ではない。

「木谷先生」

「――あ、来てくれたのね」

少しぼんやりしている様子だった早苗は、そばの空いた椅子を指して、「それ、持って来て座って」

と言った。

「――先生、今、大和ユリさんと服部君が……」

「ああ、お祝いの会のことね？　私の所へも来たわ」

「私より先に先生の所に？」

「私のお財布が目当てだったみたいよ」

と、早苗は笑って言った。

「あ……。先生、沢山出さないで下さいね。会費取った範囲でやればいいんだから」

「心配しないで。無い袖《そで》は振れないわよ」

と、早苗は言った。「さ、プリントはこの十枚。他の教科の先生からも来るから」

「はい」

里加はプリントの束を受け取った。

「どうだった？　昨日は疲れた？」

「そうでもないです」

帰りに、美知子とクレープを食べに行ったりしておいて、「疲れた」とも言いにくい。

「そう。でも、無理しないでね。どうせもうすぐ文化祭だし、みんなそれがすまないと落ちつかないわ」

「先生も？」

「そうね。先生は一年中いつも落ちつかないわ。一つ終ればすぐに他のことが待ってる。こういう商売ですもの、仕方ないけど」

と、木谷早苗は言った。

「先生……お見合したって本当ですか？」

と、里加はつい訊いていた。

「え？」

早苗が頰を赤らめて、「どこでそんな話……」

と言いかけたが、

「義理なのよ。親戚からすすめられて、どうしても断り切れなくてね」

と、苦笑した。

「どんな人だったんですか？」

「この年齢《とし》ですもの。子連れの再婚の人しか話は来ないわよ」

「そんな！　先生、凄く可愛いのに」

「ありがとう。でも、生徒に可愛いって言われてもね。——もちろん『憎らしい』って言われるよりいいけど」

「先生、でも、きっと凄い大恋愛をすると思うな。先生ってそういうタイプ」

「どういうタイプ？」

「そうだなあ。——ある朝、いつまでも先生が教室に現われない。みんなで、『連絡もなしに休むなんて、どうしたんだろう？』って騒いでると、突然、先生から電話が入る。『今、成田なの。これから駆け落ちするから、みんなちゃんと自習してててね』って言って、『じゃ、行って来ます！』って、切れてしまう」

里加は早苗の笑顔を見て、「どうですか、こんなの？」

「そんな無茶するわけないでしょ」

と、早苗は首を振って、「私には可愛い生徒たちがいるんですもの。恋より生徒」

「そんな！　生徒なんて、どんどん入れ替ってくんですよ」

と、里加は言った。「もし——本当に先生が誰かを好きになったら、生徒のことなんか忘れて行っちゃうと思うな。そうすべきだと思う」

「あらあら、大胆になったのね。入院のせい？」

と、早苗は言って、「——今、インドって言った？」

「え？」

里加は当惑したが、すぐにテレビのニュースのことを言っているのだと気付いた。

職員室のソファの所に置かれている大型のテレビを、二、三人の先生がタバコをふかしながら見ている。

そのニュースで、

「インドでの飛行機事故は、先月に引き続いてのものです」

と、アナウンサーが言っていた。「乗客名簿には、日本人乗客らしい四人の方の名前がありましたが、いずれも絶望と見られています」

――里加は、木谷早苗が見えない糸に引かれるように立ち上るのを見た。

そして、早苗はテレビの方へと引きつけられて行った。

「今入りました情報では、四人の日本人乗客は、いずれもM商事の社員らしいということです」

アナウンサーのその言葉を聞いたとき、早苗が一瞬倒れるかと思うほどよろけるのを見て、里加はびっくりした。

思わず立ち上って、

「先生――」

と駆け寄ったが、早苗はスチールの戸棚にしがみつくようにして、じっとテレビを見つめている。

「——ただいま、日本人乗客の名前が入って来ました」

アナウンサーは、手もとに来た紙を見て、横を向き、何か小声で確かめている様子だ。

早苗は、すぐそばに里加が立っているのにも気付かない様子で、口の中で何か呟いていた。

「では、四人の方のお名前を——」

お願い。お願い。お願い……。

里加の耳に、早苗の口の中での呟きが聞こえて来た。

お願い。お願い。お願い。

早苗は祈りというより、おまじないか呪文《じゅもん》のようにくり返していた。

名前が読み上げられた。——一人、二人、三人……。

里加は、早苗が凄い力で棚にしがみついているのを見ていた。手が細かく震え、それが戸棚に伝わって、重い戸棚が揺れていた。

四人目の名前が呼ばれたとき、

「ああ！」

と、声を上げて早苗はうずくまってしまった。

「先生！　大丈夫？」

里加があわててしゃがみ込むと、

「ええ……。ごめんなさい。ちょっと……立たせて」

と、早苗が息を吐く。

——里加は気付いた。

早苗が急にうずくまってしまったのは、ショックのせいではなく、安心して力が抜けてしまったのだということに。

何とか席へ戻らせると、

「先生……。お茶飲んで」

「ありがとう……。ごめんなさい。びっくりさせて……」

早苗は汗をかいていた。

「先生——知ってる人の名前はなかったんですね」

「え？」

「先生の知ってる人が、インドへ行ってるんですね」

「ええ……。そうなの。ちょうど今……。もしやと思って……」

早苗は肯いて、

「M商事の人なんですか？」

「M商事に勤めてるんじゃないの。でも、そこと一緒に商談を進めていて……。だから、もしかしたらと思って……。良かった」

早苗は両手を固く握り合せて、「良かった!」

と、くり返した。

里加には分っていた。それが昨日、この机で電話していた相手なのだ。

「先生の……好きな人?」

小声で訊く。

周囲の机は空で、誰も聞いていない。

「ええ……。そうじゃないと言っても、こんな所を見られちゃね」

「いいじゃないですか。好きになってはいけない人?」

里加の問いに、早苗はふと目をそらし、

「いけない人なの」

と言った。「——いけないの」

妻子のある相手。

当然のことながら、里加はそう思ったのである。

8　重荷

「おやすみ」

里加は、明日が日曜日ということもあって、大分夜ふかししていた。

といっても、今どきの高校生なら土曜の夜が午前一時になっても、大して珍しい話ではない。

「――お姉ちゃん」

二階へ上って行くと、香子が顔を出した。

「まだ起きてたの？」

「うん。お姉ちゃんだって……」

「中二と高一はちがうわよ」

と、里加は言ってやった。「私は、この間たっぷり眠ったから大丈夫なの」

「医学的根拠のない説だ」

と、香子は笑った。

「何か用事？」

「今日ね――」

と言いかけると、階下《した》から、

「二人とも、早く寝るのよ」

と、母の声がした。

「はい」

と、里加が返事をして、香子を促《うなが》し、自分の部屋へ入れる。

「お父さんから電話があった」

と、香子は言った。

「へえ。じゃ、文化祭へ来て、って言えばよかったのに。あんたのトランペット、聞かせてあげなよ」

「でも……来ないんじゃないかな」

「どうして？　――お父さん、何の用で？」

「一応、お姉ちゃんの様子を気づかってかけて来てるんだけど、本当は……」

と、香子が口ごもる。

「どうしたの？」

香子がため息をついて、

「黙ってられないや、やっぱり」

と、姉のベッドへ腰かけ、「お姉ちゃんが死にかけた日ね、私、お父さんと二人でここへ帰って来たじゃない」

「うん。私がそうしろって言った」

「そう。――そうなの」

と、香子は肯いて、「そのときにね、お父さんから、話があるって言われて……」

「話？」

「うん。――お母さんが浮気してるって」

里加は面食らった。

「お父さんがそう言ったの」

「うん」

――娘に、しかも中学生の女の子に、そんな話をするような父親がいるだろうか？

「それで私にね、お母さんの様子をよく見てて、何かあったら知らせてくれって言うのよ」

「無茶だね」

「ねえ、そう思うでしょ？　――確かに、お母さんの様子、おかしいとは思う。でも、いくら両親でも、夫婦じゃないの。夫婦の問題に、私たちが口出すなんて……」

中学生の娘に、「母親を見張っていろ」なんて、ひどい話だ。

「ああ、しゃべったらホッとした」

と、香子は伸びをした。

「分った」

と、里加は妹の肩を叩いて、「後はお姉ちゃんが引き受けるから。あんたは、もう忘れな。いい？」

「うん、ありがとう」

忘れろ、と言われて、ポンとスイッチでも押すように忘れられるものじゃないだろうが、少なくとも、そんなことを自分一人の内に閉じこめておく辛《つら》さからは逃れられたわけだ。

「もし、お父さんから何か言って来たら、私に言って。いいわね？」

「はい」

と、素直に言って、「おやすみ、お姉ちゃん！」

香子は自分の部屋へ戻って行った。

里加は、少し迷っていたが、父の所へ電話してみることにした。

階下へ下りて、居間を覗くと、母、加奈子がソファでうたた寝している。

「お母さん」

と、肩を叩くと、ギクリとして、

「今何時？　帰らなきゃ——」

と、口走ったが、「あ……。眠ってたのね、私」

「夢見てたの？」

「ちょっとね……」

と、加奈子は欠伸《あくび》をした。

「ね、お父さんに電話した？」

と、里加はさりげなく訊いた。

「お父さんへ？　どうして？」

と訊き返した母の声には、迷惑そうな響きがあった。

しかし、里加に昨日そう言われていたことを思い出したらしく、

「ああ、そうだったわね。でも忙しくて……。あんた、かけてみなさいよ」

と言った。

「じゃ、そうする」

里加は、コードレスの受話器を取ると、「部屋でかける」

と、居間を出て、二階へ戻った。

父の所の電話番号は手帳にメモしてあるはずだ。

里加はその番号を押した。

呼出し音の後、留守電のアナウンスが、

「ただいま留守にしております……」

と、聞こえて来た。

里加はちょっと迷ったが、

「――もしもし、里加です」

と、吹き込んだ。「お父さんにお願いがあって、電話しました。またかけますから――」

と言いかけると、向うが出て、

「里加か」

「お父さん、いたの」

「うん。仕事の電話だと出るのが面倒くさいんで、留守電にしてる」

と、笹倉勇一は言った。「どうだ、具合は？」

「もうすっかり元気」

「そうか。良かった。しかし、無理するんじゃないぞ」

父親らしいことを言いたい気持がにじみ出ている。里加はとりあえず、

「うん、気を付けてるよ」

と答えた。「ね、お願いなんだけど」

「ああ、何だ？」

「十一月の学校の文化祭、帰って来られない？」

「さあ……。どうかな」

と、笹倉は口ごもった。「それは——母さんがそう言ってるのか」

「そうじゃないよ。ただ、香子がね、ブラスバンドやってるじゃない。トランペット、凄く上手くなったんだよ。本当に、びっくりするぐらい！　お父さんに聞かせてやりたくて」

「香子が……。そうか」

「忙しいだろうけど、帰って来てやれば、香子も喜ぶよ」

「うん……。そうだな。できるだけ帰るようにする」

「ね、お願い！　——プログラム、ファックスで入れとくから」

「ああ、分った」

笹倉が、何か心打たれた様子で、「お前、妹にはやさしいな」

「そういうわけじゃないけど……。一度死にかけて、改めて妹って可愛いと思ったしね。それに、香子があんなに一つのこと、頑張るなんて思わなかったから、びっくりして。本当に」

「そりゃ聞かなくちゃな」

「うん！　帰って来て！　約束だよ」

笹倉はちょっと笑って、

「分ったよ。帰ることにする」

「待ってる！」

　里加は、弾む声で言って、電話を切ったが——その直前、電話の向うで、「ハクション！」とくしゃみするのが聞こえた。

　今のは？　——はっきり聞いたとも言えなかったが、ただの雑音とも思えない。

　しかし、もう電話は切れている。

　里加は居間へ下りて行って、受話器を戻した。母はテレビを見ている。

「——お父さん、いたよ」

「そう。何ですって？」

「帰るって、文化祭に合わせて」

「そう言ったの？」

「うん、約束した」

　加奈子は初めてテレビから目を離して、里加を見た。

「約束したの？　じゃ、帰って来るのね」

「文化祭のプログラム、ファックスしておくわ。お父さんの所、ファックス兼用だよね」

「たぶんね」

　里加は、居間を出ようとして、

「お母さんも、文化祭に来るよね」

「行くわよ、もちろん」

「香子が張り切るよ、きっと」

そう言って、里加は二階へ上った。

香子の部屋を覗いて、お父さんが来る、と教えてやると、

「へえ。じゃ、あがっちゃいそうだ」

と、おどけながらも嬉しそうだった。

「しっかりね」

「お姉ちゃん」

「何？」

「私の方も悩みがあって」

「ボーイフレンド？」

「違うわよ！　文化祭でソロを取るかどうか、まだ決まんないの」

「凄いじゃない。ソロって三年生でしょ、普通？」

「それが問題なの。畠山先生は私の方が上手いから、二年でもソロを取らせたい、って言ってくれてるんだけど……。他の三年生がブツブツ言って」

「そうか。あんたも大変だね」

クラブでの先輩後輩の順は、以前ほど厳しくないが、それでも一応は残っている。里加も無責任なことは言えない。

「ま、来年もあるから、あんたは先生に任せて、おっとり構えてなさい」

「うん」

「じゃ、おやすみ」

――里加は自分の部屋へ戻った。

父の所へファックスを入れるのは、明日の昼間にしよう。

忘れないようにメモして机の上に置く。

そして――ふと気付いた。

父が、香子にわざわざ母が浮気しているなどと言ったのは、おそらく自分のしていることを隠すためなのだ。

あの「くしゃみ」は、父の部屋に他に誰かがいるという証拠だ。

母の素気《そっけ》なさも、説明がつく。

里加の事故のとき、すぐに駆けつけて来なかったことが、父と母との間の溝を深める結果になったと思っていた。でも、それは単に一つの出来事にすぎない。たぶん――それ以前から父と母の間は微妙に変りつつあったのだろう。

里加は、ゴロリとベッドに仰向けに寝ると、しばらくぼんやりと天井を見ていた。

9　家庭が崩れる

また……。

里加は、宙を泳ぐように、飛んでいた。

それは、鳥のように飛ぶというのとは違って、何の抵抗もなく空に浮き、風すら感じることなく宙を進んでいくのだった。

——眠り。

いつもの眠りの訪れと共に、里加は夜の中へとさまよい出た。

それは、一回死にかけたとき、病室の天井から、自分自身の死体と、泣きじゃくる母を見下ろしていたときの感覚に近いものだった。

「ここ、どこだろう……」

下には、団地のようなアパートが立ち並んで、まだ明るい窓も多かった。

ここ、知ってる。——来たことがある。

里加は、ふと空中で止ると、一つの窓へと吸い寄せられるように近付いて行った。

そうだ、もしかして……。

上から見ているので分らなかったが、ここはきっと——。

「いい加減にしてよ!」

激しくなじるような女の人の声。

「どっちのセリフだ」

と言い返す男。「お前が騒ぎ立てなきゃ、何も起らないんだ!」

「何も原因がなかったら、私だって騒ぎゃしないわよ」

夫婦喧嘩?

何だか、里加は少し気がひけて、それでも窓を通り抜けてその家の中へ入った。

ここは——やっぱりそうだ。

「亭主のことが、そんなに信じられないのか」

少し酒くさい息を吐いて、帰宅したばかりなのだろう、まだ背広を着たまま。ネクタイは歪《ゆが》んで、ワイシャツのボタンが二つまで外れている。

この人——ずいぶん老《ふ》けてしまったけど、田賀さんだ。

田賀徹の父親である。

涙をためた目で、じっと夫をにらんでいる徹の母親。——里加は驚いた。

髪がすっかり白くなって、やつれている。

里加の母、加奈子も、大分髪が白くなったが、これほどではない。

徹君……。徹君は？

そう。団地の一室。――里加は一度、ここへ来たことがある。

日曜日で、両親もいたが、二人ともやさしく里加を迎えてくれた。あれは、ほんの一年くらい前のことだ。

「仕事が減って、どんどん社員も減ってるのに、どうして毎晩こう遅いの？　しかも、いつもお酒を飲んで」

「飲まなきゃやってられないんだ」

と、田賀が言った。

「それはいいわよ。飲みたいなら、飲んでもいいわ。でも――女の所で飲むのはやめて」

奥さんの声が震える。

「女の所？」

「知ってるわよ。あなたがそのホステスと親密だってことぐらい」

「いい加減なことを言うな！」

「じゃあ、これは何？」

奥さんが夫に向って投げつけたのは――マッチだった。

「お前……」

「ホテルのマッチなんか、持って来ないでよ、みっともない！」

「これは……」

田賀も詰っている。

「言うことがあれば、言ってよ」

「お前にゃ分らないんだ！　――俺だって、どこかで馬鹿な真似しなきゃ気が狂いそうなんだ！」

里加は、田賀が泣いているのを見て、愕然《がくぜん》とした。――父親が泣く？

「やめてよ、情ない」

奥さんは、冷ややかだった。「いくら気の進まない仕事に回されてるっていっても、サラリーマンなら仕方ないじゃないの！」

田賀はネクタイをむしり取った。

「――ちょっと」

居間の戸口に、徹が立っていた。

「徹……。まだ起きてるの」

「眠れないさ」

と、徹は言った。「お願いだから、大声でやり合うの、やめてくれよ。僕はともかく、唯《ゆい》が泣いてるよ」

徹の淡々とした言葉に、両親も黙ってしまった。

やがて田賀が立ち上ると、

「風呂へ入ってくる」

と、少しふらつく足で居間を出て行く。

「――徹、ごめんね」

と、母親が言った。「つい感情的になってね」

「唯にはショックだよ」

唯というのは徹の妹。確か十四歳、中二だったと思う。

「あの人が初めから正直に話してくれてれば……」

と、母親がため息と共に言った。

「親父の会社、そんなに危いの？」

「まあ……良くはないわね」

と、母親は言った。「でも、あんたたちは心配しないで。学費はどんなことがあっても出してあげる」

徹は何も言わなかった。

里加は、人の家の秘密に踏み入ってしまったきまりの悪さを覚えたが、徹の家がこんなことになっているという驚きで、そこから立ち去ることもできなかった。

「――もう寝なさい」

と、母親が言った。「唯の様子は、後で私が見るわ」

「うん……」

徹は行きかけたが、「――母さん」

と、振り向いて、

「もし、親父の会社が潰《つぶ》れたり、親父がクビになったりしたら、すぐ言ってよね」

「徹――」

「下手に隠そうとかしないで。僕も子供じゃないんだし、働こうと思えば働ける年齢だし」

「ありがとう」

と、母親が微笑んで、「まず、私が働くのが先よ。それでどうにもならなくなったらね」

徹は、居間の入口の柱にもたれて、

「僕と唯と二人も私立へ行ってるんじゃ、授業料だけでも大変だろ。僕はいいよ、やめても」

「そんな話は――」

「唯だって、中学生なんだから、区立に通えばいいし。――ね、色々やり方はあるだろ」

里加は、徹がこんなに大人だったのかと思って、驚いた。いつもおとなしく黙りがちな徹が、こんなことまで考えてるなんて……。

　そのとき、

「いやよ、私！」

と、甲高《かんだか》く震える声がした。

「唯……」

　パジャマ姿の唯が、目を赤くして立っている。

　里加は、唯がほんの少しの間に、すっかり女らしい体つきになっているのを見て、驚いた。

「唯、ごめんね、起こしちゃって」

と、母親が言うと、唯は徹を押しのけるようにして、居間の中へ入って来た。

「私、絶対いやだ！　今の学校やめないからね！　三年生の修学旅行でロサンゼルスに行くんだから！」

「なあ、唯――」

「お兄ちゃんが何て言ったって、私はいや！　学校は変らないからね！」

と、振り絞るような声で言って、唯は駆けるように自分の部屋へ戻って行った。

　徹と母親はしばらく黙っていたが、

「――大丈夫だよ。あいつ、ちゃんと分ってるよ」

と、徹が言った。

「中学生だもの。本当にクラブも楽しそうだし。――唯に、今の学校をやめろなんて、残酷だわ」

母親は肯いて、「そう。私も、お父さんに文句ばっかり言ってないで、自分でできることを捜すべきよね。――徹、心配しないで。最悪のことになる前に、お母さん、働きに出てみるわ。いいお仕事があれば、だけど」

徹はそれきり何も言わず、ただ、

「おやすみ」

と、ひと言、自分の部屋へと戻って行った。

――里加は、一人残った母親がソファに身を沈め、深いため息をつくのを見ていた。

きっと――状況は徹に言えないほど悪いんだ、と里加は思った。

「おい、着替えは？」

田賀が風呂から上ったようだ。里加は田賀家から外へ出た。

――団地の窓が、一つ一つの家庭をその中に抱いて、その一つ一つの家ごとに、笑いや涙がある。

里加は重苦しい気分だった。そして――急に暗い闇の中へと吸い込まれるように落ちて行った。

「――おはよう」

里加は、朝、校門の手前で田賀徹に追いついた。

「やあ」

「どうしたの？　寝不足？」

「そんな顔してるか？」

「う｜ん……。いつも少しボーッとしてるから」

徹は笑って、

「お前、はっきり言うな」

その明るい笑顔に、里加はホッとした。

――ゆうべの出来事は事実だったのか。それとも夢だったのか。

「ねえ、唯ちゃん、元気？」

と、里加は訊いた。

「唯？　ああ、元気だよ。どうして？」

「別に。ふっと思い出しただけ」

と、里加は首を振って言った。「もう中学二年？」

「うん」

「早いなあ。――可愛いでしょうね、唯ちゃん」

里加は、妹のことを話しながら徹の顔に暗いかげがさすのを見て、やはりゆうべのことは本当だったのだ、と思った。

「——なあ、笹倉」

「え？」

「ちょっと——話したいことがあるんだけど。今日、昼休み、いいかな」

里加は頬が熱くなるのを感じた。

「うん、いいよ」

「クラブで、何か用事、あるんじゃないのか？」

「大丈夫。私はずっと休んでたから、文化祭も特に役目ないし」

「そうか」

「お父さんがね——」

と言いかけると、

「何だい？」

「お父さんが……文化祭に帰って来るかもしれない」

「そうか。お前の親父さん、北海道だっけ」

「うん」

「でも……いいな、そうやって帰って来てくれるなんて」

と、徹は言った。
ちっとも良くないよ。――徹。うちだって、いつどうなるか……。
でも、里加はそこまで言う気にはなれなかった。

10 妹の殴り方

しかし、昼休みに里加は結局、田賀徹と会えなかった。

里加の方の都合である。妹の香子が、三時限目の後の休み時間、中学部から駆けて来て、

「お姉ちゃん！　お昼休みに話聞いて！　お願い！」

と、息を切らしながら言ったのだった。

いやも応もない。

「分ったよ」

という返事を聞いて、香子はまた凄い勢いで駆けて行ってしまったのだ。

徹に、妹のことを話して、

「ごめんね。妹の話が早くすんだら……」

「いいよ。香子ちゃんの話、聞いてやれよ」

と、徹は明るく言った。

むしろ徹はホッとしているようにも見えた。

「もし良かったら、夜でも電話して。何時でもいいから」

と、里加は言った。

徹が何を話すつもりだったのか……。ゆうべ里加が覗き見た、徹の両親の争いと関係があるのだろうとは思ったが、勝手に想像していても仕方ないことだ。

四時限目が始まって、小テストがあるのを思い出し、里加はあわてて教科書をめくった。

──眠っているとき、空中を飛んでいられるあの力が、テストの時、目をさましていても使えると楽でいいのに、なんて冗談で考えたりした。

でも──ふと考えるのだが──ああして自分の体から抜け出し、他所《よそ》へ行っている間に、母か香子が起こしに来たりしたら、どうなるのだろう？

少なくとも、里加は今、自分の持っているふしぎな力を、楽しんでいた……。


「ごめん、お姉ちゃん」

と、香子がベンチから立ち上って言った。

「構わないわよ。どうしたの？」

何か話があるというときは、いつもこの校庭の隅のベンチ。隅といっても、建物で隠れた場所なので気が楽なのだ。

「寒くない？　風邪《かぜ》ひくとまずいでしょ、文化祭近いのに」

と、里加は言った。

すると、香子はため息をついて、

「いっそ風邪でもひいちゃえば楽なんだ」

と言い出した。

「何よ。どうしたの?」

――まあ、予測できなかったわけではない。

ブラスバンドで、二年生の香子が一番上手いトランペッターだとしても、上級生にソロを取らせるべきだという考えもある。

「今朝ね、クラスに入ろうとしたら、ブラバンの三年生が四人で来て、『ちょっと話がある』って言うの。――いやだなあと思ったけど、仕方ないじゃない? ついてったら、要するに文化祭のソロパートのことなんだよね」

「何だっていうの?」

「今日ね、放課後に最終的なパート決定があるの。といっても、ほとんど決ってるんだけどね」

それはそうだろう。こんな間近になって、パートが変ったら、練習が間に合わない。

「ただ、いくつかあるソロを誰が吹くかでフルートとトランペット、それとクラリネットの三つでは、吹き比べ、やるの。先生が聞いて、決めるんだけど……」

と、香子はふくれっつらをしている。

「つまり、そこで失敗しろってわけ？」

「三年生に譲るべきだっていうの。私だって、先生がそうすると言ったら、別に文句なんか言わないよ。でも、わざと下手に吹くなんて、そんなの言うのは簡単だけど、すぐ分っちゃうよ。いつも練習で聞いてるんだもの、先生は」

「そうだろうね」

「でも、三年生に囲まれて、『いいわね？』って言われたら……。『いやです』なんて言えない。『はい』って言っちゃった」

　里加は、その三年生たちのやり方に腹を立てた。――もし、三年生にソロを吹かせてほしいのなら、先生の所へ頼みに行けばいいのだ。

「別に、脅されたってわけじゃないけど。これで、もし私がソロって決ったりしたら、どうなるか、怖い」

　里加は香子の肩を抱いて、

「辛いね。――お姉ちゃんも、こうしろとは言えない。あんたがソロを吹いたら、私は嬉しいけど、これでその三年生たちと二度と会わないのならともかく、高校でもブラスバンドやったら、また一緒になるかもしれないものね」

「うん……。そんなことで、せっかく頑張って来たトランペット、やめたくない」

「そうだね」

里加は肯いて、「でも、そうやって吹き比べする以上、あんたはちゃんと全力でやりなさい。その上で先生が三年の子を選んだら、それはそれで仕方ない」

「うん。分った」

香子も、いったんやり始めたら、生真面目《きまじめ》にやり抜くタイプである。——里加は、今、これ以上言わない方がいいと思った。

中学部のブラスバンドの顧問、畠山先生は里加も知っているが、自分が先生に何か言いに行ったりして、それが三年生に知れたら、香子はもっと困ったことになるだろう。

里加は、香子と少し取りとめのない話をしてから別れた。


ところが、午後の五時限目のとき、思いがけないことがあった。

体育の授業は、まだ休ませてもらっている。——やはり入院で手足の筋肉が落ちて、完全には戻っていない。

それでも、一緒に駆け回るぐらい、どうということはないだろうが、文化祭の後から、と母が学校の方へ申し入れていて、里加が勝手に出るわけにもいかなかったのだ。

女の子たちは、キャーキャー騒ぎながらバレーボールの真似ごとをやっていた。

里加が、バレーコートの囲いにもたれて眺めていると、

「笹倉」

と呼ばれた。

振り向いて、里加はびっくりした。

「畠山先生」

「今、ちょっといいか」

当然、香子のことだろう。

里加は、他の子が気付かないようにそっとコートから出た。

「すまんな」

と、畠山は言った。

「いいえ。あの……妹のことでしょうか」

「うん」

畠山は、いやに重苦しい表情だった。「聞いてるか」

「いくらかは……」

「お前の妹は本当に腕を上げた。嬉しいよ」

「あれ、好きになるとしつこいから」

と、里加は言った。

「実は――文化祭の公演のことでな」

「ソロパートのことでしょ」

「うん。本当なら香子なんだ。抜群に上手いからな。しかし……」

「香子も分ってますよ。三年生に吹かせた方が、あの子も後で色々言われなくてすむと思うし」

「分ってる。しかし、人前で吹けば、誰が聞いても腕の違いは分る。——それでも三年生にやらせなきゃならん。俺も辛いんだが」

「でも——」

「その三年生は、今の理事の娘なんだ。昨日、校長に呼ばれて、『長年の習慣は変えない方がいい』と言われた」

「へえ……」

「本当は突っぱねてやりたかった。頑張った香子に報《むく》いてやるのが俺の役目だ。しかしな……」

「分ります。——香子だって、恨んだりしませんよ」

「うん……。お前にも知っておいてほしかったんだ。悪かったな、授業中に」

「いいえ。じゃ、戻ります」

「ああ」

里加は、バレーコートへ戻って、ちょうど足下へ転がって来たボールを拾うと、力一杯投げ返した……。

「やったね！」

「貫禄だよ、やっぱり」

三年生たちが七、八人、もつれ合うようにやってくるのを見て、里加は素早く姿を隠した。

中学生相手に、何も隠れることはないと思うが、里加自身、先日の事件で、B学園の中で知られた存在である。後で香子が何か言われるようなことは避けたい。

にぎやかに盛り上って行く三年生たちが、楽器ケースを提げていて、その中心にいる子が、トランペットを持っていることを、里加は見てとっていた。

今の話からすると、やはりソロは三年生の子が取ることになったのだろう。

里加は、徹のことも気になっていたが、やはり香子が心配で、残っていたのだ。

音楽教室へと廊下を辿《たど》る。中学部の中へ入るのは久しぶりだ。

音楽教室が見えると、里加は少し足どりを緩《ゆる》めた。

もちろん、何かを予感していたわけではないにしても……。

泣き声？

里加は足を止めた。――あれは香子だ。

そっと、音楽教室の窓へ寄って覗くと、トランペットを机の上に置いて、香子が泣いている。

声を上げて泣いているが、里加にはそれが一種の「手続き」のようなものだと分った。涙で一気に、悔しさや悲しさを押し流してしまおうとしているのだ。――大丈夫。あれで泣きやめば、香子は立ち直る。

その香子のそばで困っているのは畠山だった。

「――笹倉、すまん」

と、ペコペコ頭を下げて、「お前が一番上手いのは、みんな分ってる！　な、だから泣かないでくれ」

畠山には、香子の涙の意味が分っていないのだ。ただもうオロオロしている。

「悔しかったら、俺を殴ってもいい。かみついても、ひっかいてもいいぞ。――ただ、あんまり傷が残らないようにしてくれ」

聞いていて、里加は吹き出しそうだった。

香子が涙をハンカチで拭くと、やっと息をついて、

「――これ、先生のハンカチ？」

「うん」

「洗濯してある？」

「それは……たぶん」

香子はハンカチを畠山の上着のポケットへねじ込んだ。

「やだ」

「笹倉……」

「先生さえ分っててくれりゃいいの」

と言うと、「じゃ、殴ってもいい、本当に？」

「ああ……。いいとも」

香子が突然畠山に抱きつくと、キスした。

覗いていた里加は、仰天して息が止るかと思った……。

11　宴の朝

「笑っても泣いても、あと何日」

という言い方がある。

人生は「笑うこと」と「泣くこと」なのか。

里加は、うまい言い方だな、と思う。

どんなに辛い、悲しいことがあっても、幸せで飛び上りたいことが起っても、時間は同じように流れ、「未来」は確実に「現在」になり、そして「過去」へと置き去られていく。

香子の涙も、文化祭当日の朝はどこへやら、

「じゃ、絶対聞きに来てね」

と、朝、張り切って出かける香子に、あの音楽教室での涙も、そして畠山先生とのキスも、影一つ落としていなかった。

「はいはい」

母の加奈子が玄関まで見送る。「しっかりね」

「うん！　お姉ちゃん、ちゃんと起こしてね」

そこへのっそり、

「言われなくたって起きてるよ」

と、里加は出て行った。「午前十一時と午後の三時だよね」

「そう。忘れないでね!」

香子だって、里加や母が忘れるとは思っていない。ただ、当日の上気した頰がすべてを物語っていて、言葉はどうでもいいのだ。「頑張れ」

里加も当り前のことしか言えない。

そして、香子が行ってしまうと、

「里加、何時に出るの?」

「いつも通り。一応出席取るからね」

香子は、ずいぶん早く出なくてはならなかったのだ。

里加は顔を洗い、自分の部屋へ戻ろうとして、鳴り出した電話に出た。

「はい。——もしもし?」

「里加か」

「お父さん?」

父、笹倉勇一の声は少し遠くて聞こえにくかった。

今日か明日、文化祭に父が本当に来るのかどうか、念を押したくて何度か札幌の父のアパートへ電話したが、父は出なかった。仕方なく留守電にメッセージを残しはしたものの、今一つ不安だった。

「お父さん、今どこ?」

「千歳空港だ」

と、笹倉は言った。「キャンセル待ちだが、じき乗れるだろう。午後の三時の回には必ず行く」

「うん! 待ってるよ!」

里加もつい声が弾んだ。

台所を覗いて、母へ、

「お父さん、今日来るって」

と、声をかける。

「そう」

母はあまり関心のない様子で、「何か食べてく?」

「うん……。でも、文化祭で店が出てるからね。トーストぐらいでいい」

と、里加は言った。

母が少しも父のことに関心を示さないので、里加はがっかりしていた。——父と母の間の溝は、それほど深いのだろうか。

そんな重苦しい気分も、ブレザーの制服に着替え、髪を整えたりしている内に段々弾んで来た。

何といっても、年に一度の文化祭なのだ。それに、今年の里加はただの「お客様」だ。つまらないとも言えるが、気は楽だった。

「さて、行くか」

少し早かったが、出かけようと思った。

部屋を出ると、

「里加、電話よ」

と、母が呼んだ。「田賀君から」

「徹？　――出る」

田賀徹とは、あの後二人きりでは話していない。

深夜、あの「空中散歩」で見た、田賀家の事情を考えると、気にはなっていたのだが、徹の方も文化祭のせいで忙しく、話す機会を失っていたのである。

「もしもし」

と出ると、

「おはよう。もう出たかと思った」

「どうしたの？」

「うん、ちょっとお袋の具合が悪くてさ」

　と、徹は言った。

「あら、大変」

「いや、大したことないんだ。一応病院へ付き添ってって、それから学校へ行こうと思ってるんで、悪いけど木谷先生に言っといてくれないか」

「分ったわ。でも——大丈夫なの？　無理しないで」

「うん。じゃ、よろしくな」

「はい」

　里加は電話を切ったが……。

　何か——何か妙に重苦しいものが、しこりのように胸に残った。

「どうしたの？」

　と、母が訊く。

「ううん、別に」

　里加は、気のせいだわ、と自分へ言い聞かせて、「トースト一枚とコーヒー！」

　と、注文した。

「——田賀君。——田賀君、来てない？」

と、出席を取っていた木谷早苗が言った。

クラスの中がざわつく。

「変ね。お休みってこと、ないでしょうけど」

と、木谷早苗が首をかしげる。

「先生」

と、里加が立ち上って、「田賀君、少し遅れるそうです」

「そう。じゃ、出て来るのね」

「そう言ってました」

と、里加が言うと、クラスの男子が、

「どうして知ってるんだ？」

と、からかったので、里加は涼しい顔で、

「今朝、ベッドの中で聞いたのよ」

これにはクラス中が沸《わ》いた。

「——じゃあ、各々《おのおの》、クラブの発表の準備があるでしょう」

と、木谷早苗が言った。「みんな、精一杯やってね」

一斉に席を立ち、みんなが教室から飛び出して行く。

里加は、教壇へ歩いて行くと、

「先生。――田賀君ですけど、お母さんの具合が悪いんで、病院へ連れて行くと言ってました。電話で」

木谷早苗はそれを聞くと眉を寄せ、

「いつの電話、それ？」

「今朝、家を出ようとしたら、かかって来たんです」

「そう……」

「先生、何か――」

「ゆうべね、田賀君から電話があったの」

「ゆうべ？」

「夜中の二時過ぎだったわ。遅い時間にすみません、ってしきりに気にしてたけど」

「田賀君、何て？」

木谷早苗は、まだ教室に何人か残っているのを気にしてか、里加を促して廊下へと出た。

「――田賀君ね、学校をやめたいって言ったのよ」

木谷早苗の言葉は、里加にとってショックだった。

あの夜の出来事の後、少なくとも学校で見る徹は、いつもと少しも違わないようだったからだ。

「何か理由を言ってましたか」

「何でも、お父さんの勤め先が不景気で、お父さん、失業しそうだとか……。私は、すぐ決める必要ないし、うちの学校でも学費免除とか、色々方法もあるから、って言ったの。でも、田賀君はもう決めてるみたいだったわ」

「そうですか……」

「私は、ともかく文化祭が終ったら、相談しましょって言ったの。田賀君も、そうしますって言ってた……」

「お母さんのこと、本当かな。――私、何だか徹がでたらめ言ってるような気がしたんです」

「笹倉さん――」

そこへ、木谷早苗が顧問をしているクラブの子が、

「先生！　打ち合せですよ！　早く来て！」

と呼びに来た。

「すぐ行くわ！　――行かないと。あなた、田賀君が出て来たら、私に教えて」

「はい」

木谷早苗が駆け出して行く。その勢いに、いつもの〈ミニ・ダイナマイト〉の元気さが溢《あふ》れていて、里加は何となくホッとした。

――徹。どうしたの？　何かあったのなら、正直に話してくれればいいのに。

里加は、ふと腕時計を見た。

香子の出るのは十一時。それまでに、徹の家まで行って戻って来られるだろうか？　迷っている時間が惜しい。しかし、勝手に学校を出て行くのを見付かったら、先生に止められてしまうだろう。

——里加は、電話で徹と話したときの不吉な予感が、ふくれ上ってくるのを感じて、じっとしていられなかった。

廊下を、みんな大忙しで行き来している。

里加は、事務室へ行って、公衆電話で徹の家にかけてみた。

呼出し音は聞こえるが、誰も出ない。

どうしよう？　——どうしよう？

里加は、廊下を戻って行こうとして、ふと足を止める。

〈保健室〉の札が目に入る。——今日は保健室も出入りが多いだろう。

里加は思い付いて、保健室のドアをそっと開けた。

中は空だ。急いで入って後ろ手にドアを閉めると、薬の棚を覗いた。

〈頭痛薬〉〈痛み止め〉。——何種類かのびんが並んでいる。

女子学生がいれば、必ず頭痛や生理痛のための痛み止めがある。

里加はそのびんを取り出し、ふたを開けると、右手に七、八錠出した。もちろん本来は

一、二錠服《の》むものだ。

痛み止めには睡眠薬が入っている。これだけ服めば、眠れるかもしれない。

里加は決心した。

コップに水を入れ、七、八錠を口の中に放り込んで、一気に水で流し込んだ。

これで眠れるだろうか？　眠ったとしても、体を離れて徹の所へ行けるだろうか？

——今は、ともかく、やってみるしかない。

里加は保健室を出ると、職員室の隣にある物置の中へと入った。

埃《ほこり》っぽいが、古い机や椅子、そして段ボールが積んである。

里加は、段ボールを動かして、その奥へ入ると、古い机を引っ張って来て、その上に横になった。

さあ……。眠るのよ。

目を閉じても、心臓がドキドキして興奮しているので、さっぱり眠気はさして来ない。

「落ちついて……。落ちついて……」

と、自分に向って呟く。

そう。——死にかけたのも昼間だった。夜しかできないということもないだろう。

「さあ、眠って……。眠って」

目をつぶり、深く呼吸していると、薬が効いてきたのか、少し頭がボーッとして来た。

そうそう……。そのまま眠るのよ。

両手をお腹の上で組んで、体の力を抜く。

眠って……。さあ、眠って……。

――ふっと体がどこかへ沈んでいくような感じがあって、里加は気が付くと、家々の屋根を見下ろしていた。

やった！　――確かに、明るい日射しの下、里加は自分の体を離れて宙を飛んでいたのだった。

12　命の接点

魂だけが――と言っては非科学的だろうか？

どうせこんなこと、「科学的」とは言えないのだ。「魂」だって一向に構わないだろう。

しかし、現実にこうして高い空から地上を見下ろしている里加自身も、どうすれば自分が行きたい所へ飛んで行けるのか、分っていないのだった。

それでも、気が付くと確かに田賀の住んでいる団地の上に来ていて、「魂」は普通の鳥みたいに、空間を飛んで行くのではないらしいということは分った。

――あのベランダ。きっとそうだ。

そこへと下りて行って、カーテンがすっかり閉じられているのを見ると、里加は不安が募った。こんな午前中の明るい時間、しかも徹から電話もあって、寝ているわけがないのに、なぜカーテンが閉っているのだろう？

ここまで来て遠慮していても仕方ない。

里加は真直ぐにガラス戸とカーテンを通り抜けて中へ入った。

薄暗い。――しかし、カーテンを通して入ってくる光で、中の様子は充分に見えた。

徹……。徹、どこなの？

居間には人影がなく、里加は短い廊下を辿《たど》って、奥の方へと入って行った。

ドアを抜けると、そこは夫婦の寝室だった。

シングルベッドが二つ並んで、その一方で、母親が眠っている。

でも――服を着たまま？

里加は、ナイトテーブルの上に、空のコップと、薬のびんを見てゾッとした。

「おばさん！　――田賀さん！」

聞こえないとは分っていても、つい大声を上げてしまう。

里加は、母親の上に身をかがめ、その口もとに耳を寄せた。――何の音もしない。吐く息も当って来ない。

じっと目をこらしたが、母親の胸は全く上下していなかった。

――死んでる！

「徹！　――だめよ、徹！」

里加はその部屋を飛び出した。

徹の部屋へ入ってみて、ベッドに誰もいないのを見ると、ホッとした。

徹は助けを呼びに行ったのかもしれない。

そう思うと同時に、もう一つの可能性を思い付いて、再び里加は廊下へ出た。

「唯ちゃん！　まさか――」

隣の部屋へ入る。――ピンクの可愛いカーテンが、部屋の中をふしぎなバラ色に染めていた。

狭い部屋で、見回す必要もなかった。

小さなベッドに、徹と唯、二人が半ば重なり合って眠っていた。唯が兄の胸に甘えるように顔を伏せている。

同時に、里加は床に転がっている空の薬のびんと、二つのコップを見ていた。

「徹！　唯ちゃん！」

駆け寄ってみると、二人の息づかいが耳に入った。――生きてる！

しかし、喜んではいられない。よく聞くと、二人の息づかいは苦しげで普通ではなかった。

「徹！　――目をさまして！　徹！」

里加は二人を揺り起こそうとして、自分にはどうすることもできないのだと気付いた。

「徹！　――徹！」

徹の耳もとに思い切り口を寄せて、大声を出してみたが、やはり聞こえないようだった。

「救急車……。救急車！」

電話をかけようとしたが、もちろん今の里加はここで電話などかけられない。

どうしよう？　——せっかくここまでやって来たのに！

そのときだった。

「里加……」

徹が、苦しそうな息づかいの下で、はっきりとそう言ったのである。

里加は一瞬耳を疑ったが、確かに聞こえたと分ると、

「徹！　——徹！　聞こえる？」

と、そばへ行って叫んだ。

徹の唇が細かく震えて、

「里加……。里加なのか？」

「そうよ！　私よ！　目をさまして！　死んじゃだめ！」

徹の瞼《まぶた》がかすかに開いた。

「里加……。いるのか？」

「早く目をさまして！　唯ちゃんが死んじゃうよ！」

「唯……」

「何もかもこれからなのに、死んでどうするの！　生きるのよ、徹！　早く助けを呼んで！」

「里加……。お前……怖いな」

「何、呑気《のんき》なこと言ってんの、この馬鹿！　とっとと起きろ！」

何だか、とんでもない口をきいてしまった。しかし、里加は必死だったのである。

「俺……眠いんだよ……」

と、徹が言った。

目はうっすらと開いているが、里加の姿は見えていない。しかし、声が聞こえるということ自体、徹は「死」へ近付いているのかもしれなかった。

「後でいくらだって眠れるわよ！　今は起きて、一一九番して！　起きないとけっとばすぞ！」

本当にけとばせるものならやっていた。

しかし、徹はすぐにまた眠り込んでしまう。

「だめ！　——徹！　徹！」

と、声がかれるほど、力一杯里加は叫んだ。

徹！　起きて！

次の瞬間、里加は体中の痛みで目をさました。

「いたた……」

頭を強く振ると、「——徹！」

そこは学校の物置だった。

眠っていて、きっと身動きしたのだろう、里加は床の上に落っこちてしまったのだ。したたか腰や肩を打って、目がさめた。

「そうだ！――救急車！」

立ち上ったものの、薬のせいか、足もとがフラフラする。

廊下へ出ると、

「あら、笹倉さん、どうしたの？」

と、保健室の女医さんがやって来た。

「先生！　早く救急車を！」

「え？　あなた――具合悪いの？」

「私じゃないんです！　田賀君――同じクラスの田賀徹が家で自殺しようと……」

「何ですって？」

女医は面食らっている。そりゃそうだろう。

「ね、笹倉さん、落ちついて。保健室で休むのよ」

と、里加の肩を抱いて連れて行こうとするのを、

「手遅れになっちゃう！」

と、振り切ると、事務室へと駆け出した。

そして、目を丸くしている事務員の前で一一九番へかけると、田賀の所へ急行してくれるように頼んだ。

「急いで下さい！　それからドアが閉ってると思います。破ってでも入って下さい！　薬をのんで死にかけてるんです！」

「そちらは――」

と向うが言いかけたのは聞こえた。

しかし、言うことを言ってしまうと、急に気が緩《ゆる》んだのか、里加はそのまま床に倒れて深い眠りに入ってしまった……。


目を開けると、香子の心配そうな顔があった。

「香子？」

「――お姉ちゃん！　もう、どうしたっていうのよ？」

里加は、自分が保健室に寝かされているのだと分った。

「香子……。出番は？」

「それどころじゃないでしょ！　――大丈夫なの？　午後の回ならまだこれからだけど」

「じゃ、出るのよ！　私も聞く……。いてて！」

頭が痛いのは薬のせいだろうが、腰が痛いのは机から落ちたせい……。

「お母さん、今、お父さんを探しに行った。呼んで来るよ」

と、香子が駆け出して行った。

——徹はどうしただろう？

里加は、何とかベッドから下りると、目を閉じて、めまいがおさまるのを待った。

ドアが開いて、

「笹倉さん、大丈夫？」

木谷早苗が入って来た。

「先生——」

「田賀君が……親子で薬をのんで……」

「それで？」

「田賀君と妹さんは、命をとりとめたそうよ」

それを聞いて、里加は、

「やった！」

と、両手を突き上げて飛び上った。「やった、やった！」

保健室の中をはね回って——ふと、唖然としている木谷早苗に気付き、

「すみません」

「あなたが一一九番したんですって？　どうして知ってたの？」

「あの……夢、見たんです」

「夢？」

「ええ、あんまり本当みたいな夢だったんで、つい……」

「でも良かったわ。もう少し遅かったら間に合わなかったって」

「そうですか……。あの——田賀君のご両親は？」

「お母様はもう亡《な》くなっていたそうよ。お父様は——どこへ行ったか分らないって」

「え？」

「お父様が、会社をもう何ヵ月も前にクビになってたんですって。それを家族に言わないで、借金を重ねて……。ゆうべ突然、『遠くへ行く』って電話してきて、女の人といなくなっちゃったそうよ。——遺書にそう書いてあったって」

　里加は愕然とした。

「でも、あなたのおかげで二人は助かったのよ！　私、これから病院へ行って来る。様子が分ったら連絡するわ」

　と、木谷早苗は言って、里加の肩を軽く叩くと、保健室を出て行った。

　——徹、可哀そうに。

　突然放り出され、借金を負わされ、ゆっくり考える間もなく、「死んでしまおう」としたのだ。

里加は自分のふしぎな力が、徹と唯を救ったのだと知っても、嬉しいという気持にはなれなかった。

そこへドアが開いて、

「里加！　大丈夫なの？」

と、母が入って来た。

「――うん！　何ともない！」

里加は、目一杯の笑顔を見せた。


香子が、一人で立ち上った。

指揮の畠山先生がタクトを香子の方へ向けると、香子がソロできれいなメロディーを吹き始めた。

講堂の中がシンと静かになる。――香子のトランペットの音が、講堂の広い空間にのびのびと広がって行った。

香子がソロを吹いてる！

――里加の頭痛が一度に飛んで行った。

ソロパートが終り、曲全体が華やかに結ばれると、熱い拍手が起った。

一人、促されて立った香子が、頬を上気させて、トランペットを手に頭を下げた。

13　しのび会い

「こいつ！」

里加は、トランペットのケースをさげて出て来た香子を捕まえると、「ソロを吹くなんて言わなかったじゃないか！」

と、笑いながら言った。

「ごめん！　だって、突然だったの」

と、香子はまだ上気している頰を輝かせて、「ソロ吹くはずだった三年生が、午前の部で張り切り過ぎて、唇をはらしちゃったの。それで、お昼休みの後、急に私にやれって……」

「でも、凄く良かったよ！」

「ありがとう。——ま、実力よ」

と、香子は少しおどけて見せた。

廊下に父と母が待っていた。

「香子！　良くやったわね」

母、加奈子が香子の頭を撫でて、いやがられている。

「香子！　上手だった！」

と、友だちが香子に声をかけて行く。

「サンキュー」

香子が手を振って答える。

「——いや、びっくりした」

と、父、笹倉勇一が首を振って、「お前があんなに上手いなんてな」

「ごほうびは？」

と、香子が言ったので、みんな笑った。

「香子、早く帰れるの？」

と、加奈子が訊く。

「だめ。打ち上げあるし」

と、香子は言って、「このトランペット、家へ持って帰っといてくれる？」

「分った」

と、里加がトランペットのケースを受け取った。

「それじゃ、行くね」

と、香子は言って、駆け出して行った。

たぶん、香子自身も興奮からさめ切っていないのだろう。その足どりは、飛びはねるようだった。

「あいつも、子供だとばっかり思ってたが、見直さなきゃならんな」

と、父が言った。

その香子が、先生とキスしてたと知ったら、「見直す」どころじゃすまないだろう、と里加は思った。

ちょうどそこへ、当の畠山先生がやって来た。

「あ、先生。――両親です」

里加が互いを紹介すると、

「いや、香子君の腕前は大したもんです。今日のソロもすばらしかった。ぜひ高校でも続けさせてあげて下さい」

「いつも娘がお世話に……」

加奈子は、もともとこのブラスバンドの顧問の先生に関心があったらしく、あれこれ話し始めた。畠山が迷惑がりもせずに答えているのは、やはり香子とキスしてしまったという弱味があるせいかもしれない。

里加は、父がいつの間にか離れて行っているのに気付いた。

どこかわざとらしい足どりが気になって、里加も母と畠山からそっと離れた。

父の姿が、スッと廊下の角を曲って消える。

——何だろう?

里加は足音をたてないようにして、その角まで行ってみた。

そっと片目を出して覗くと——父の背中が見えた。そして、その肩越しに、若い女性の顔が覗いている。

「——ともかく明日は帰るから」

と、父が言っている。「このまま戻ってくれ。な?」

「一緒に帰ってくれるなら」

と、その女性が言った。

「無理を言わないでくれ。——ここにいちゃまずい」

「知らん顔してりゃいいじゃないの。どうせ誰も、私のことを知らないんだもの」

「だからって——」

あの女が……。里加は女の顔を記憶に刻み込んだ。

札幌で、父が親しくしている女だろう。どうやら、父を追って、黙って出て来てしまったらしい。父としては困っている。

「家内たちの所へ戻らないと」

と、父が焦《あせ》っている。

「いいわよ。早く行って」

そう言われても、女の目は恨みをこめて父を見つめている。

「なあ……分ってくれ」

「だから早く行ってと言ってるじゃないの」

「うん。だけど――」

「私は好きにしてるわよ。もう少し見物して帰るわ」

「恵美。――分った。夜はホテルへ行くよ」

「いいのよ、無理しなくて」

「いや、行く。待っててくれ」

「分ったわ」

女の顔に、やっと笑みが戻った。

エミ、――エミと言った。

「じゃ、後でな」

父が戻って来る。里加は急いでその場を離れた。

「どこへ行ってたの？」

と、加奈子が手招きして、「お父さんは？」

「うん、今……」

　父が姿を見せて、

「すまん。トイレを探してたら、えらく遠くまで行っちまった」

「行きましょう。もう少し色々見て帰るわ。里加は？」

「私、病院に行って、田賀君を見舞うわ」

　里加の言葉に、

「そうだったわ！　忘れてた！」

　と、加奈子が声を上げる。「私も行くわ」

「いいよ」

　と、里加は言った。「どんな様子か、見て来るから。お母さんはそれからでも。きっとしばらく入院してるよ」

「そうね……。じゃ、そうするわ。明日行ってもいいし」

「うん。せっかく帰って来たんだから、お父さんとゆっくりしなよ」

　何も考えないのに、そんなセリフが出て来た。

　父と、あのエミという若い女を見て、抵抗を覚えたのは事実だ。

「――それじゃ、もう行くよ」

　と、里加は言った。

「夕ご飯はうちで食べるわね」

「そのつもり」

と、里加は言って、「お父さんも食べるんでしょ？」

「ああ。――そうだな」

父の返事は、歯切れが悪かった。あのエミという女をどうしたらいいか、決めかねているのだろう。

里加は、もうすっかり元気を取り戻して、学校を後にした。


「――木谷先生」

病院の廊下で、白衣の医者と話している木谷早苗を見付けて、里加は声をかけた。

「あら、来たのね」

「どうですか、田賀君たち？」

「今、こちらの先生ともお話ししてたんだけど、妹さんの方がまだはっきり意識を取り戻してないの。田賀君はもう話せるようよ」

「良かった！　じゃ、会ってもいいですか？」

「ええ。あなたが二人を助けたんですものね。でも――お母さんが亡くなったことは、まだ知らないの。今はショックを与えない方がって……」

「そうですか。じゃ、気を付けます」

里加としては、徹に訊かれても嘘をつくのは気が進まない。いっそ、はっきり言っておいた方がいいと思うのだが——。

しかし、それは里加の決めることではない。

病室へ入って、そっとベッドへ近付くと、田賀徹はすぐに気付いて、

「お前か……」

「逆になったね。この間はそっちが見舞ってくれたのに」

と、里加は微笑んで、「気分、どう?」

「良かないさ」

「そりゃそうだよね」

「唯の奴……生きてるか?」

「うん。命に別状ないってよ。でも、まだ目がさめないって。徹よりデリケートなんだよ」

「俺がよっぽど鈍いみたいだな」

「まあね」

小さな椅子にかけると、「何か欲しいものある?」

「いや……」

徹は少しためらって、「お袋——死んだんだろ?」

そう訊かれると、やはり里加は答えられなかった。

「――いいんだ。分ってる」

徹は肯いて、「お袋が眠り込むのを見てから、唯と二人で薬をのんだんだ。お袋は助からなかったよ」

「徹……。私がいても役に立たなかった？　せめて――こんなことする前に、ひと言ぐらい……」

「すまないな。俺も今思えば、どうしてもっとお袋を励ましてやれなかったのかな、とふしぎだよ」

徹は天井をじっと見上げていた。「何か、こう……雰囲気に流されちゃうんだ。唯の奴も、こんなことで学校やめて、友だちもいなくなっちゃうんだったら、死んだ方がいいって……。あいつだけ、死なせられないしな」

「徹……。この次は私を誘って」

と、里加が言った。「ぶん殴ってでも、やめさせるから」

「そういや、お前が怒鳴ってるのが聞こえたんだ。あれ、夢だったのかな」

里加は徹の手を握った。

「本当に聞こえた？」

「うん……。『ぶん殴る』とか『けっとばす』とか、ずいぶんひどいこと言ってたぜ」

「幻覚よ。でも、いつも私のこと、そんな風に思ってたのね。ひどい奴！」

と、里加はごまかした。

やはり、徹は死への境界を渡ろうとして、里加の呼ぶ声を聞いていたのだ。——里加は嬉しかった。

また眠気がさして来たらしい徹からそっと離れて、里加は廊下へと出た。

「木谷さん」

と、看護師が呼んでいた。

木谷早苗が小走りにナースステーションへ向う。

電話に出た木谷早苗は、

「——ええ、そうなの。——今、どこ？　——え？」

と、びっくりしている。「分ったわ。待ってて。すぐ下りて行く」

電話を切ると、木谷早苗は里加に気付かずに、階段を急いで下りて行ってしまった。

「今、この下に？」

あの足どりは、普通じゃない。

里加も、階段を下りて行った。

まだ外来の患者で溢れる一階のロビーを抜けて、外へ出る。

車が一台、病院の正面玄関から少し外れて停っていた。——中に人影が見え、その一つは木谷早苗のようだ。

　里加の耳に、ふとしびれたような感覚があって、突然、マイクのスイッチでも入れたように、木谷早苗の声が聞こえて来た。

「――これ以上、隠しておけないわ」

　その口調は、切迫したものを感じさせた。

14 秘密

聞かなければ良かった。

――それは、里加にとってあまりに重い話だった。

十六歳の少女に、何ができるだろう？　大人の愛、夫婦の愛、そして道を外れた愛……。

そのどれが正しくて誠実なのか。どれが守られるべきなのか。

里加にはとても判断できない。

しかし――聞いてしまったことを、忘れるのも不可能だ。

「――ただいま」

と、家へ帰って玄関から声をかける。

「お帰りなさい」

と、母の加奈子が顔を出す。「割合早かったわね」

「うん……。香子はまだ？　打ち上げだって言ってたものね」

里加は台所からいい匂いがするので覗いて、

「夕ご飯？」

「当り前でしょ。何だと思ってるの？」

里加は、忙しく立ち働く母の姿に当惑した。いやに張り切っているのだ。

「何か手伝おうか？」

「だったら、まず着替えて、手を洗ってちょうだい」

「はい」

何にしても、母が上機嫌なのは悪いことではない。行きかけて、里加は、

「お父さんは？」

と、振り向いて訊いた。

「ちょっと出かけたわ。会社の方から電話があって」

里加は、少し間を置いて、

「――そう」

と言うと、自分の部屋へと上って行った。

会社の人から……。休みの日に？

あの女。――エミという女に呼び出されたのではないか。

早く来て、と電話して来たとしたら、父も出かけて行かざるを得ないだろう。ここの電話番号を知っているということなのだから。

――父は、ちゃんと夕食に戻るのだろうか？

電話が鳴っているのが聞こえて、

「里加、二階で取って!」

と、母の声。「手が離せないの」

「分った!」

里加は、二階で電話を取った。

「――はい、笹倉です」

「あ、木谷よ」

「先生……」

「今しがた、田賀君の妹さんが意識を取り戻したって」

「良かった! 話せるんですか?」

「今はまだ、無理みたい。お母様のこともあるし」

「でも先生、田賀君は知ってましたよ。唯ちゃんも分ってると思います」

「うん……。訊かれたら嘘もつけないしね」

と、木谷早苗は言って、「――私ね、今夜ずっとはいられないの。これからちょっと用事があって……」

「そうですか」

里加は迷った。――どうしよう?

「それじゃ、また何かあれば、連絡するから」

「分りました」

里加は重苦しい思いで受話器を戻した。

「木谷先生……」

あれは誰だったんだろう？　——病院の前に停めた車の中での会話を、里加は聞いてしまった。

でもそれは——。

「これ以上、隠しておけないわ」

と、木谷早苗は言った。

「分ってる。僕も、はっきりさせようと思ってるんだ」

相手の男の顔は分らなかったが、その声には聞き憶えがあった。里加が、早苗の電話での話を聞き取れる自分の力を知ったとき、電話の向うで話していたのがその声だ。

「はっきりさせるって……。その内に、でしょ？」

早苗はそう言ってからすぐに、「ごめんなさい。無理を言うつもりはなかったの」

と、付け加える。

「いや……君がそう言うのも当然だよ」

と、男の方が言った。「僕はいざとなると何も言えない」

「分ってるわ。言わないで。奥さんが苦しむわ」

「しかし……君も苦しんでる」

「ええ。――別れなきゃ、と思うの、いつも。でも……」

早苗はちょっと笑って、「その内に、って思っちゃうのよ。あなたと同じね」

少し沈黙があって、里加は、気付かれないように他の車のかげに隠れた。そっと覗くと、暗い車内で、二つの影が一つに重なって見えた。

木谷先生も女なんだ。――当然のことを、それでもこういう形で見せられると、体が震える。

「――もう行って」

と、離れて、「私、入院してる子に、もう少しついていないと」

「うん……。母親が亡くなったって？」

「ええ、そうなの。父親は行方不明」

「気の毒にな」

「落ちついたら、誰か親戚の方《かた》を捜して話さないと。――結局、一番傷つくのは子供たちだわ」

その言葉は自分へ向けられたものにも思えた。

「――君とのこと、家内に話すよ」

「そんな!」

と、早苗が声を上げる。

「家内に対しては、何十年も責任を果して来た。君に対して責任を果す番だ」

「でも……大変なことになるわよ」

「分ってる。しかし……家内も察しているはずだ。意外に冷静に聞いてくれるかもしれない」

「もう終った、って話をするのならともかく、続いてるって聞いて冷静でいられる奥さんがいるわけないわ」

と、早苗は言った。「やめて。今のままでいましょうよ」

「しかし——」

と言いかけたきり、男の方は黙ってしまった。

「どうしたの?」

「いや……。ちょっとな」

男の言い方に気になるところがあったのだろう、早苗は、

「ねえ、何なの、怖い顔して」

「怖い顔?」

「怖いっていうか……。思い詰めた顔してたわ」

「いやちょっと考えただけさ」

と、男は言った。「家内は明日から旅行に出るんだ。友だちと。一週間、台湾だ」

「そう」

「もし――その飛行機が落ちたりしたら……」

「馬鹿言わないで！」

と、早苗が愕然とした様子で、「考えるだけだっていけないわ」

「ああ……。すまん。本気じゃないんだ」

男は気を取り直したように、「今日は遅くなると言ってある。家内は明日の仕度で忙しい。後で待ち合せないか」

早苗は迷って、

「でも、入院してる子が――」

「もう大丈夫なんだろ？」

「ええ。それは……」

「じゃ、いいじゃないか。君は医者じゃないんだし」

「分ったわ」

木谷先生……。

先生は今ごろ、どこかのホテルのベッドで男に抱かれている。
十六歳の里加にとって、見知らぬ男女の交わりを想像することはできても、親や教師の
それは、やはり抵抗があった。
「先生……」
気になっていた。
あの男の言葉。――妻が事故に遭うのを願っているような、あの言い方。
早苗に注意されて、すぐに否定はしたが、声だけを聞いている里加には、男がかなり
「本気で」言っていると感じられたのである。
先生……。何か、とんでもないことにならないといいけど……。
里加の耳に、家の表で車の停る音が聞こえた。
窓から覗くと、タクシーから父が降りて来る。しかし――一人ではない。
誰かが、タクシーの中に残っている。
里加が耳に注意を集中すると、フッと耳鳴りのようなものが聞こえて、
「――分ってくれ」
という父の声がはっきり聞こえた。「な、今日はこのまま帰るんだ」
「いやだと言ったら？」
あの〈エミ〉という女の声がした。

「分らんことを言わないでくれ」

「奥さんに会って行く！　話をつけましょって」

「おい……」

「分ってるわよ」

突然、女の声がトーンを落とした。「言うわけないじゃないの」

「ああ……」

「びっくりさせて、あわてさせてみたかったのよ。いつも——いつも私だけがこそこそしてなきゃいけないなんて、不公平だと思って」

「分ってる」

「じゃあ……明日の一番の便で戻ってるわ」

「ああ。——気を付けて」

父が運転手にお金を渡している。

タクシーのドアが閉ると、〈エミ〉が窓を下ろして、

「私の香水が匂わないように気を付けてね」

と言った。

タクシーが走り去る。——父は、ずいぶん長いことその後を見送っていた……。

夕食の仕度がすんだところへ、香子も帰って来た。

四人での夕食。——普通の家庭なら当り前の光景だろうか。

「ともかくホッとしたわね」

と、加奈子が言った。「これでもう、すぐ年の暮れだわ」

「ああ、全くだ」

里加は、黙々と食べていた。

——今日は大変な一日だった。

「あ、電話だ」

香子が立って、「私、出る」

父も腰を浮かしていた。

もしかすると、あの〈エミ〉という女からかもしれない、と思ったのだろう。

「——はい、ちょっと待って下さい。——お姉ちゃん、電話」

「私？　——誰から？」

「病院。看護師さんだよ」

里加は、受話器を受け取った。

「もしもし……」

つい、声が小さくなっている里加だった。

15　悲しい再会

長い一日は、まだ終らなかった。

里加は、病院の〈夜間救急〉という標示が明るく浮かび上った入口へと、タクシーから降りて走って行った。

「――笹倉といいます。お電話をいただいて」

と、窓口の看護師に言うと、すぐ中から昼間会った看護師が出て来た。

「ごめんなさい、こんな時間に」

「いいえ。――父がついて来てくれたので」

父がタクシー代を払って、やって来る。

「わざわざどうも」

と、会釈《えしゃく》して、「病室へ」

と、先に立つ。

「田賀君が――」

「どうしても、あなたに来てもらってくれって。――妹さんのことが心配らしいの」

「唯ちゃん、どんな具合ですか」

「意識は戻ったけど、何も言わないの。話せないんじゃなくて、話したくないんだと思うわ」

いかにもベテランらしい看護師のきびきびした動きと話し方には、どこか安心させられるものがあった。

「お母さんのことは――」

「知ってたわ。分ってたんでしょうね」

里加の後から、少し遅れて父がついて来る。

こんな時間に里加一人で行かせるのを、母が不安がったのだ。父は自分から、

「俺がついて行こう」

と腰を上げたのだった。

それは、里加への「償《つぐな》い」のようにも見えた。そう考えては気の毒かもしれないが。

「――田賀君」

と、看護師がそっと声をかけた。「来てくれたわよ、笹倉さん」

里加は父へ、小声で、

「廊下で待ってて」

「分った」

一旦病室へ入った父はすぐに出て行った。——看護師さんも気をきかして出て行ってくれる。

「悪いな」

と、徹が言った。

「どうしたの？　私の顔見ないと眠れない？」

と、里加はベッドのそばに椅子を寄せて座った。

徹が押し殺した声で、

「聞いてくれ」

と言った。

「なあに？」

里加はかがみ込んで、徹の口もとへ耳を寄せた。——徹の口調は、ただごとではなかった。

「親父が来たんだ」

と、徹が言った。

里加は息をのんだ。行方をくらましたと言っていた徹の父親が？

「確かなの？」

徹が肯いて、

「ウトウトしてたんだ。そしたら、何だか誰かがこっちを覗き込んでるような気がして、目をやった。――親父が立ってた」

「それで？」

「目が合うと、パッと出て行っちまった。――俺も、夢だったのかと思ったよ。でも、隣のベッドの人が、『今の人、親戚の方？』って訊いて来たんで、本当だったと分った」

「それ、いつごろ？」

「一時間くらい前かな。看護師さんに、面会に来た人はいるかって訊いたら、いないと言うんだ。こっそり入って来たんだと思う」

「じゃ……どうしたら？」

「俺はいい。唯のことが心配だ」

「唯ちゃん？」

「親父はあいつを凄く可愛がってた。唯も、母親より父親になついてた。きっと唯の所へも行く」

「分った。――私がそばについてるわ」

と、里加が言った。

「悪いな、頼む」

「寝てるのよ。ちゃんと」

里加は、安心させるように肯いて見せ、立ち上った。

廊下へ出ると、父親が手持ちぶさたにしている。

「私、しばらくここにいる。帰ってもいいよ」

「どうしたんだ」

里加の話を聞いて、

「——そいつは心配だな。ともかく、その子の病室へ」

「うん」

看護師に訊いて、唯の病室へと急ぐ。

徹の父親がなぜやって来たのか。

いや、妻と子の心中を知って、ショックを受けて駆けつけたというのなら、それはそれで当然なことだ。でも、徹の不安はどこから来ているのか。

「——ここだわ」

と、里加は病室のドアの前で足を止めた。

まだ容態を見ておく必要があるせいだろう。ナースステーションのすぐ近く。

「すみません。田賀唯さんの所に、誰かお見舞の人が来ませんでした？」

と、居合せた看護師に訊いたが、

「さあ……。ずっと見てるわけじゃないから」

と言われてしまう。

「それはそうだ」

と、笹倉勇一が言った。「患者が呼べば、すぐ駆けつけるにしても、看護師さんはみんな忙しい」

「ちょっと、様子見てくる」

里加がそっと病室のドアを開ける。

ゴソゴソと動く気配があって、

「――誰？」

「唯ちゃん？」

と、里加がベッドへ寄る。

唯は顔の半分が隠れるまで毛布を引張り上げて、里加を見分けると、

「あ……」

「どう？　――今、徹に会って来た」

唯は、何となく目を合せたくない様子で、

「お兄ちゃん、どうですか」

と言った。

「うん、大分元気になった。――唯ちゃんも元気になって。お願いよ」

唯から「余計なことをして！」と恨まれているかと覚悟していた。

しかし、唯は、

「すみませんでした。心配かけて」

と言った。

「友だちだもの。唯ちゃんのことだって、小さいころから知ってるし」

「ええ……」

「お母さんは気の毒だったけど——。唯ちゃん、まだこれからだもの。ね、頑張ってやってみようよ。楽しいことがきっとあるから」

平凡なことしか言えない自分。——でも、何か言わなくては、という思いに、駆り立てられていた。

唯は意外に素直に、

「うん……。もうこんなことしません」

と言った。

「それ聞いて安心した。——あのね、お父さん、来なかった？」

「お父さん？　いいえ」

「——そう。それならいいの」

里加は微笑んで見せて、「じゃ、またその内ね」

「どうもありがとう」

——病室を出て、里加は待っていた父の方へ首を振って見せた。

「どうした？」

「素直すぎるわ。それに、父親が来たかって訊いても、びっくりもしないで、ただ『いいえ』って言うだけ。本当は来てるんだわ、きっと」

「どうする？」

「私、この病室を見張ってる。夜明《よあ》かしになるかもしれないけど」

「よし。俺も付合おう」

「でも、お父さん……」

「家に電話して来る。母さんが心配しそうだからな」

「うん」

父が、少し離れた公衆電話の方へと足早に向うのを見送って、里加は廊下の長椅子に腰をかけた。

——静かな廊下。

いや、耳を澄ますと、オシロスコープの、鼓動を示すピッピッという電子音、そして咳込む音、点滴のスタンドのカチャカチャいう音……。そのどれもが、「命」を表現している。

音がするということは、「生きている」ことなのである。――命の営《いとな》み。

それは必死で生きようとする人間の叫びのようだ。

突然、里加の聴覚が鋭くなった。

「――いけませんよ」

父の声が飛び込んで来る。

何だろう？　里加は立ち上ると、急いで父の後を追って行った。

公衆電話のある、少し引っ込んだ一画。

父が誰かと話している。

「何の話です？」

という男の声。

あれは――田賀さんだ！

そっと覗くと、父と田賀が向い合って立っている。

「あんたの考えてることは分ります」

と、父が言った。

「何のことです？」

田賀は、ひどくやつれて、疲れ切って見えた。

「あんたは、家族を捨てて、女と逃げたんじゃないんですか？」

「放っといてくれ！」

と、田賀は苛々と叫んだ。

「どうしてここへやって来たんです？」

「そりゃあ――あんなことになって……」

「悪いことをした、と？」

「――もちろんですよ」

「違う」

父が、きっぱりと言った。「違う。あんたは女に捨てられた。だから、娘さんを道連れにして死のうと思ってるんだ」

里加は、父の言葉にびっくりした。

いや、言ったことにもだが、その言い方が、普段聞いたこともないものだったからである。

「馬鹿言わないでくれ！」

田賀は目に見えて動揺していた。

「私には分ります」

と、父は続けた。「一人で死ぬのは怖い。しかも、何があってもついて来てくれるはずだった女がアッサリと逃げてしまったら、もう女なんか信用できなくなる。残るのは家族。

でも奥さんは亡くなってしまった。自分のせいで。——自分を赦《ゆる》してくれそうなのは、娘だけだ」

「分ったようなことを——」

「死ぬなら、自分一人で死になさい！」

と、父は叱りつけるように言った。「娘さんの人生は、あんたのものではない！　これからの何十年もの時間を取り上げる権利はあんたにはない」

「唯だって——あいつだって死にたがってるんだ！　これから、辛い暮しが待ってる。それくらいなら、いっそパパと一緒に死ぬと言ったんだ！」

「子供に甘えてどうするんです！　子供が親に甘えるものだ。それを、子供に甘えて一緒に死んでくれ、などと。親の資格はない」

「あんたに関係ないだろう！」

「ありますとも」

と、父が言った。「——ありますとも。私も父親で、妻を裏切っている夫です」

二人の父親の間に、息苦しい沈黙があった……。

16　別れの予感

長い沈黙の後、呻《うめ》くような声がした。

呻いたのは田賀だった。

よろけるように後ずさると、冷たい床にペタッと座り込む。

「――田賀さん」

父が歩み寄った。穏やかな声になっている。

「もう、すんでしまったことは仕方がない。奥さんはもう生き返りはしません。しかしね、二人のお子さんが助かったんです。そのことに感謝しなくちゃ」

田賀は肩を震わせて泣いていた。

「分ってるんです……。しかし……徹は赦しちゃくれないだろう……。俺の気持を分ってくれるのは……唯の奴だけなんだ」

「我が子が現実に押し潰されそうになってるとき、親が一緒になって潰してどうするんです？」

と、父が言った。「子供の手を取って立たせなくちゃ。一緒に倒れちゃだめですよ」

「分ってます。分ってますが……」

「死んだ気になって、やり直すんです。自分だけで考えていると、出口のない袋小路に見える。でも、少なくとも二人の子供さんは助かったんだ。二人への責任を果すという、すてきな役割がある。そうじゃありませんか」

——里加には、その言葉が父自身に向けられたもののように思えた。

田賀は涙を拭《ぬぐ》うと、

「——申しわけない」

と立ち上って、「見苦しいところをお見せしてしまって」

「真剣に悩んでいる姿は、少しも見苦しいものじゃありませんよ」

と、笹倉が言った。「私はいつも逃げています。明日考えよう、その内には何とかしよう、とね」

「いや……あなたの言葉がこたえました。私は——このまま一人で行きます。どうか唯の奴にうまく伝えて下さい」

「田賀さん……」

「死にはしません。——死ねば楽かもしれないが、生きて、いつか子供たちの所へ戻りたい」

「そうして下さい」

笹倉が田賀の肩を抱いて、「送りましょう」と、一緒に歩き出した。

――里加は、人の気配に振り返った。

唯が立っていた。服を着て、病院を出て行くつもりでいるのだ。

「唯ちゃん……」

おそらく、さっきから着替えて、ベッドに入っていたのだろう。

「聞いた？　――お父さんを一人で行かせてあげるのよ」

里加は唯の肩をつかんで言った。「あなたは一人じゃないわ。お兄さんがいるじゃないの」

唯も、二人の父親同士の話を聞いていたのだろう。何も言わずに肯いた。

大粒の涙が、柔らかい頰を伝い落ちていった……。

里加が父と二人、病院を出たのは、もう夜中に近かった。

タクシーの中で、二人はあまりしゃべらなかった。父も、里加が何もかも聞いていたことを承知していたようだ。

「――里加」

もう家が近くなって、初めて父が口を開いた。

「なあに？」

「今すぐにはどうしようもない。——分ってくれ」

「お父さん……」

「俺が悪い。しかし、彼女のことも、すぐ放り出すというわけにいかないんだ。あれは、俺を頼りにしてる」

じっと前方を見据えたまま言った。

「——お父さんの問題だよ」

と、里加は答えた。「ただ、お母さんの気持を考えてね」

「分ってる」

と、父は肯いて、「人のことをあれこれ言えやしないな」

「何のこと？」

「俺は、お前が死にかけて助かったとき、これは機会を与えられたんだと思った」

「機会？」

「ちゃんと、彼女との仲を清算しろと言われたような気がしたんだ。その機会を与えるために、お前が救われたと思った」

「でも……」

「そうなんだ。そのときそう思っても、向うへ戻って彼女と会うと、つい言い出せない。

——我ながら情なかった」

里加はちょっと笑って、

「そういういい加減なとこが、私、似ちゃったのかな」

と言った。

父はホッとしたように里加の肩を抱いて、

「今年もじきに終りだな」

と言った……。

翌日、見舞に行くと、田賀徹は大分元気になっていた。

「——唯ちゃんは？」

「うん。食事も、ほとんど残さずに食べたってさ」

「そう！　良かった」

「ありがとう」

「いちいち言わないで。早く良くなってよ」

「うん」

徹は微笑んで、「だけど——」

「——だけど？　何なの？」

「何でもない」

と、徹は首を振った。

里加にも、徹の言いたいことは分っていた。

元気になって……。

そう気軽に言うけれど、その先に待っているのは何なのか。

父親は行方が分らず、母親は死んでしまって、妹と二人、どうするのか。

徹はまだ十六だ。十四歳の妹と二人、たとえどこかの親戚に引き取られるとしても、二人一緒にいられるかどうか。

そして——里加も考えたくなかったが——彼がB学園に通い続けることは不可能だろう。

これからどうなるのか。——十六歳の身では、「どうするのか」と考えることは、まだできないのだ。

「——今日、叔父さんが来た」

「叔父さん？」

「親父の弟で、大阪で商売してる」

「そう」

「いい人なんだ。——親父のしたことに責任感じてるらしくて、謝られて困っちゃったよ」

「親父がどうなるか——当分は戻らないだろうしな」

「そう……」

「叔父さんが、この病院のこととか、全部やっていってくれた。忙しい人で、もう大阪へ帰ったけど」

「そうね」

「たぶん……唯と二人で、叔父さんの所へ行くと思うよ」

「それで……」

「唯と二人で、あの家に住むわけにもいかないもんな」

「——そう」

と、徹は笑って言った。

「徹……。もしそうするのなら、みんなで力になるよ」

と、里加は言っていた。

「ありがとう。でも、そこまでは無理だよ」

「分ってるだろ、お前も？」

「徹——」

分っている。自分だって、まだ高一の身で、どうやって徹たちを助けていけるか。

「行っちゃうんだ、徹」

「うん。――でも、また会えるさ」

里加は、涙が溢れそうになって、もう何も言えなくなってしまった。

「いつまでも退院しなきゃいいな」

と、徹が言った。

そんなこと……。せっかく助かったのに。

でも、同じことを考えている自分に気付いて、里加はショックを受けた。

私は何をしたのだろう?

徹と唯を助けて――本当に良かったのか。

そんなことを考えてはいけないと思うのだが……。

「いいんだ」

まるで里加の心の声を聞いたかのように、徹が手をのばし、里加の手を握った。「これでも、生きてた方が良かったんだ」

「――そうだね」

大粒の涙がこぼれた。

里加は、長いこと徹の手を握って、離さなかった……。

17　心の闇

学校の帰り道、道の突き当りに真赤な太陽が沈んでいく。

「秋の日はつるべ落とし」

と、里加が言った。

「なあに、それ？」

と、一緒に歩いている三好淳子が訊く。

「私、知ってる。秋の日は沈んでくのが早いってことだよね」

と、安井美知子が言う。

「うん……。本当にね、スーッと落ちてくんだよね」

それと同様、文化祭が終ると急に日のたつのが早くなる。十一月も十日。——先生たちは、

「いい加減に文化祭の浮かれ気分は忘れろ！」

と、生徒たちに頭の切り換えをさせようと必死だ。

でも、楽しいことからはできるだけ離れたくない、というのが本音。

「——明日、里加の全快祝いだね、帰りに」

と、美知子が言った。

「何か悪いな。みんな忙しいのに」

「いいじゃない。里加をだしにして、みんなで騒ごうっていうんだから」

「それって本人に向って言うことか?」

「あ、そうか」

と、美知子は笑った。「——そういえば、淳子、明日出られないんだったよね」

「え……。あ、もしかしたら……」

突然話を振られて、三好淳子はあわてている。

「そうなの? いいよ、淳子。無理しないで」

と、里加は言った。「どうせ年中会ってんだから」

「でもね、本当は出たいの。でも——ちょっとうちの方で用事が。はっきりしないんだ、明日になってみないと」

「うん、分った」

「ごめんね、里加」

「いいんだって。もう何日もたってるし、こっちもピンと来ないんだけど」

「田賀君のこともあったしね」

と、美知子が言った。「明日、田賀君も来るって？」

「まさか。退院したばっかりよ」

と、里加は言ったが、美知子が「しまった！」という顔で舌を出すのを見て、「――本当に来るの？」

「絶対に里加には内緒って言われてたんだ！　里加、今のは忘れて」

「無茶言うな」

と、里加は苦笑いした。「分った。聞かなかったことにして、アッと驚く名演技を見せてやる」

「頼むよ」

と、美知子は里加の腕を取った。

「でも――田賀君、学校やめるんでしょ」

と、淳子が言った。

「それこそ内緒なんだけど、しゃべっちゃおうか」

と、里加は言った。「やめて大阪の叔父さんの所へ、妹の唯ちゃんと行くんだけど、叔父さんの厚意で、来年三月の学年の変り目まではB学園へ通うことになった」

「あ、そうなんだ」

「でも、お母さん亡くなってるしね。――団地には居づらいでしょ。あんな事件起こして。

それで退院したら、一旦小さなアパートへ移るんだって。みんなで引越し、手伝いに行こ」

「うん、行く行く！」

と、美知子も張り切っている。

「私も……大して役に立たないけど」

「そんなことないよ。淳子って器用じゃない。何なら毎日のご飯、交代で作りに行くか」

「いいね。私もコンビニのお弁当には詳しいぞ」

と、美知子が妙な自慢をして、

「変なの」

と、淳子まで笑ってしまった。

「ねえねえ！　何か甘いもん食べて行こ！」

と、美知子が提案し、こういうことには、内気な淳子もすぐ乗るのだった。


「――木谷先生、明日来るのかな」

と、美知子が〈ぜんざい〉を食べながら言った。

「来るんじゃないの？」

淳子は〈アンミツ〉。「出席の表に出てたよ」

「うん、そうだけどさ……」

「何かあったの？」

「これ、たまたまなんだけどさ、お父さんとこにバイトに来てる男の子が、土日は引越屋さんの手伝いをしてるの。この間、私としゃべってたとき、『美知子ちゃん、B学園だっけ』って言うから、『そうだよ』って答えたら、『木谷先生って知ってる？』って」

「木谷先生って一人だけだよね」

「ねえ。──そしたら、今度の土曜日に荷物を運ぶことになってるって。ちょうど明日でしょ。あれ、って思って」

「ふーん」

里加は〈くずきり〉を食べながら、「先生何も言ってなかったけど……」

「丸々引越すんじゃなくて、一部の荷物をどこかへ預けるってことらしいけどね」

里加は、何となく気になった。

「──おいしかった」

淳子は真先に食べ終えると、「やっぱり明日、出席する」

と言った。

「どうして？〈アンミツ〉食べたら、気が変った？」

と、美知子がからかう。

「ありがとう。やっぱり一番古くからの友だちだもんね」

と、里加はすぐに言った。

淳子は、人にからかわれるとすぐ傷つくのだ。他の子なら冗談ですむことに、泣き出してしまったりする。

里加は長い付合いで、その辺のことはよく分っていた。

「私、ビデオカメラ、持って行こうかな」

と、淳子は意外なことを言い出した。

「そうね。誰か一人撮ると、後で楽しいかも」

里加はあまり撮られたりするのは好きではないが、淳子が進んでこういう集まりを楽しもうとすることは珍しい。そのことは嬉しかったのである。

「――あ、ごめん」

美知子の携帯が鳴る。急いで美知子は店の外へ出た。

「――忙しいなあ、美知子」

と、淳子が言った。「私のなんか、かかって来たことない」

「誰にも教えてないんでしょ」

と、里加は言った。「じゃ、明日の会のときにでも、番号交換すれば？」

「いいの、これで。――別に沢山かかって来てほしいとは思わない」

と、淳子は言った。「本当に話したい人とだけ話せれば……。大して仲良くもない子と年中話さなくちゃいけないなんて、疲れる」

「そうね……」

今は、若い世代が人との深い付合いを面倒がる。その一方で、親しくもない子と付合っている。

ふしぎだな、と思った。

もっと自分の気持に素直になればいいのに、と思う。「好き」なら「好き」と言って、それで相手が受《う》け容《い》れてくれなかったら仕方ない。でも、それは少しも恥ずかしいことではないのだ。

美知子が戻って来ると、

「食べたら私、先に出るね。ちょっとこの後、約束ができたから」

こういう、少し身勝手なところも、美知子らしさの一つなのである……。

甘いものを食べ終えて、結局三人一緒に店を出ることにした。

「――私も、ちょっと買物してく」

と、淳子が言って、三人は店の前で別れた。

里加は、退院した田賀徹の所へ寄りたかったが、今は兄妹での暮しが落ちつくのを待った方がいいのかもしれないと思った。

——途中、商店街の中の書店に入った。

特に何が欲しいというわけでもなかったのだが、書棚を眺めていく内、文庫本を二冊ほど手に取った。

後は雑誌……。

棚の角を曲るとき、何気なく顔を上げると、万引き防止の凸面鏡が取付けられている。

その鏡に——まさか！　どうして？

里加は、そこに死んだ祖母が映っているのを見て目をみはった。

「おばあちゃん……」

「気を付けて」

と、祖母が言った。

「私？」

「そう。——もう忘れたの？　せっかく取り戻した命なのよ」

「忘れちゃいないけど……」

「気を付けて」

と、祖母はくり返した。「気を付けるのよ……」

祖母の姿はフッと消えた。

今のは……幻かしら？　それとも本当に現われて注意してくれたのか。

気を付けて。

我に返って、ちょっと左右を見回す。——誰も、今の「会話」を聞いていなかったようだ。

「ありがとう、おばあちゃん」

と、里加は呟いた。

そして、歩き出そうとしてもう一度凸面鏡へ目をやると、

「あ……。なんだ」

そこに映ったのは、たった今まで一緒にいた淳子ではないか。向うは全く気付いていない。

里加は愉快になって、待っていてやろうかと思った。

淳子は、少し判型の大きな、写真集か何からしいものを開いて見ていたが、それを閉じると、一旦棚へ戻した。

そして——里加は目を疑った。

淳子が、同じ本をもう一度抜き出したと思うと、鞄の中へサッと忍び込ませたのだ。

淳子——。

まさか！

里加は愕然とした。淳子が万引き？

淳子は一番そんなことと無縁な子だと思っていたので、里加にとってはショックだった。

今、もし顔を合せたらどう言っていいか分らない。

里加は急いでレジへ行くと、持っていた文庫本二冊だけ買って、書店を出た。

心臓が高鳴っている。――人の秘密を覗いたときの興奮か。

でも……淳子が？

里加には分らなかった。

淳子がレジで週刊誌を買っているのが外から見えた。――あの本は出していない。

里加は向い側の洋品店に入って、下着を見ているふりをしていた。

淳子が出て来て、足早に駅の方へ歩いて行く。――表情に少しも後ろめたい気配は感じられず、いつも通りの淳子だ。

通りへ出ると、人ごみに紛れて行く淳子の後ろ姿が見える。

「淳子……」

古い友だちで、たいていのことは分っているつもりだった。でも、そうではなかったのだ……。

里加は急にヒヤリと冷たい風にさらされたような気がして、ちょっと身震いしたのだった。

18　踏み外す

「何だかね――」

と、大和ユリが少し不服そうに言った。

「うん？」

里加はスパゲティを食べようとフォークにクルクル巻き取っているところだった。

「里加の全快祝いなのに、みんな勝手に騒いで……」

里加はちょっと笑って、

「いいのよ！　それだけ私が病人に見えないってことでしょ」

――若い子に「安くてボリュームがある」と人気のイタリアレストラン。

ここが里加の全快祝いの会場。

貸し切りにして、ビュッフェスタイルの食事にしたが、何しろ食べ盛りの高校生たちである。器に山盛りのスパゲティも、たちまち消えて行った。

中はにぎやか、というより騒然として、話をするにも大声を出さなければならないほど。

それでますますうるさくなるのだ。

「——里加、大人になったね」

と、ユリが言った。

「そう?」

「うん。あの入院の後、少し人が変ったって、みんな言ってるよ」

「そうかな」

少しドキリとする。——どれほど自分が変ったか、他の誰にも分るまい。

「ね、ウーロン茶、もうない?」

と、誰かが言って、ユリは、

「追加しとこう。よく飲むね、みんな!」

と、混雑をかき分けて行った。

「淳子——。食べてる?」

「うん、もうずいぶん食べた」

三好淳子は、デザートの皿にティラミスを取って食べていた。「これ、チーズなんだよね。太っちゃうな」

里加は、淳子を今までと同じ目で見られなくなっていた。——つい昨日、淳子が本を万引きする現場を見てしまったからだ。

若いときの、ちょっとしたいたずら……。

そんなことなら里加も大して気にとめなかったかもしれない。でも、淳子はそういうことを遊び半分でやれるような子ではないのだ……。

何か事情があるのか。里加は気になっていた。

「みんな、ちょっと静かにして！」

と、ユリが叫んだ。

しかし、その声が通らない。

「静かに！　——ちょっと黙ってよ！」

と、ユリがくり返しても、大半の子は気付かなかった。

すると、パンパンと手を打つ音がして、

「はい！　こちらに注目！」

スーッと波が引くように静かになってしまった。

「さすが先生」

と、ユリが汗を拭く。「ありがとう」

「どういたしまして」

と、木谷早苗が笑顔で言った。「授業のときもこうだといいわね」

笑いが起った。

「——笹倉里加の全快を祝って、花束を贈ります！」

ユリの言葉に拍手が起る。「里加、こっちに来て」

こういうのは苦手だが、せっかく自分のためにやってくれるのだ。ありがたくいただいておくことにした。

「じゃ、花束は里加の恋人、田賀君から」

冷やかす声や口笛の中、田賀徹が花束を手に現われた。

「元気になって良かった」

退院したばかりの田賀徹が言うとおかしいが、そこは合わせて、

「どうもありがとう」

と、花束を受け取って、「――みんな、ありがとう！　おかげで前以上に元気になりました」

と、頭を下げた。

「待って」

木谷早苗が進み出て、「私からも、お祝いの品。――受け取って」

本のような包みが手渡された。

「先生……。ありがとうございます」

拍手が里加を包んだ。

――「儀式」がすむと、

「私、ちょっと用があるの」

と、早苗が言った。「これで失礼するわ」

「先生、ありがとう。わざわざ」

「いいえ。あなたは特別な子だもの」

と、早苗は言って、里加の手を取った。

「先生……」

「あなたのことは忘れないわ」

と、早苗は小声で言うと、素早く姿を消した。

「先生……」

里加は一瞬立ちすくんだ。

今のは――まるで「別れ」の言葉のようだった。

思《おも》い過《す》ごしだろうか？

「やあ」

田賀徹がやって来た。

「大丈夫なの？　悪かったね」

「もう平気さ。少し足もとが頼りないけど」

「ずっといなくてもいいよ。帰ってあげて。唯ちゃん、待ってるんでしょ？」

徹が苦笑して目を里加の後ろへやった。

振り返ると、唯が色んなパスタを皿一杯に取って、

「自分で自分に『退院おめでとう！』」

と、おどけた。

「なあんだ。その食欲なら大丈夫だ」

と、里加は笑った。

「久しぶりでおいしいもん食べた！　病院の食事、まずくって」

「三人前ぐらい食べてって」

「この店、潰れなきゃいいけどな」

と、徹は言った。

「唯ちゃん、ちょっとお兄さん借りるよ」

「はい、どうぞ。一泊二日で三百円」

「ビデオじゃないぞ」

——里加は徹を連れて店の外へ出た。

十一月、日は短くなるばかりで、昼過ぎに始めたのに、もう辺りは暗い。

「どうかしたのか？」

「ちょっとね……。木谷先生と話した？」

「少しな。どうして?」

「様子、おかしくない?」

「そんなにしゃべらないから……」

　里加は、美知子から聞いた、「荷物の運び出し」のことを徹に話して、

「──それに今、出て行くときに『あなたのことは忘れない』って言ってたり……」

「でも、何か理由があるのか?」

　里加は少しためらって、

「先生──妻子のある人と恋してるの」

と言った。「かなりのめり込んでるみたいで、心配」

「まさか……駆け落ち?」

「それは分らないけど……。いやな予感がする」

　徹は肯いて、

「お前、これがすむまで出られないだろ。俺は先に唯と出るから、先生の所に寄ってみるよ」

「そうしてくれる?」

「あいつ、少し食い過ぎだ。お腹が痛いとか言い出す前に連れて帰るよ」

と、徹は言った。「みんな……色々あるんだな」

「うん……」

里加は、札幌へ帰った父のこと、万引きしていた淳子のことを思い出していた……。


「――ただいま」

帰宅した里加は、「疲れた！」

と、玄関の上り口に座り込んでしまった。

「何してんの？」

と、妹の香子が出て来た。「電話だよ、ちょうど」

「私に？　誰？」

「木谷先生」

急いで上って、

「そのお花、花びんに入れて！」

と、香子へ言った。

居間の電話を取ると、

「先生？　――里加です。今帰ったところです」

向うはしばらく沈黙していた。

「もしもし？　――先生？」

「笹倉さん……」

　木谷早苗の声は震えていた。「私、怖い……」

「どうしたんですか?」

「とんでもないことを……私……」

「彼と逃げるんですか」

「——里加さん」

「もっと……それ以上のことですか」

　里加は強い口調で、「後悔するようなことはしないで下さい!　先生、私たちがついてるんです。忘れないで!」

　早苗がすすり泣くのが聞こえた。

「先生——」

「もう遅いわ……」

　と、呻くような声。

「先生……」

「あの人が……奥さんを殺すと……」

　里加の受話器を持つ手が震えた。

「その人の家、どこです?」

「でも、もう……何もかも終らせて、ここへ来ることになってるの」

「教えて下さい！」

里加は叫ぶように言った。

香子がびっくりして居間を覗く。里加が、手で書く仕草をすると、香子がすぐにメモ用紙とボールペンを持って来る。

里加は、彼の名前、電話番号と家の場所をメモした。

「ああ……どうしよう、あの人が本当に奥さんを……」

「先生、今どこ？」

「公園の中」

「そこにいて。いいですね！」

里加は一旦電話を切ると、すぐに教えられた番号へかけた。

呼出し音が聞こえる。

「出て……。出て、お願い……」

と、里加は口の中で祈るように言った……。

19 絶望

永遠に鳴り続けているのかと思うほど、それは長い時間だった。

里加の手の中で、受話器はじっとりと汗で濡れ、呼出し音は叫び声のように甲高く聞こえた。

里加が、もう一度かけ直そうかと思ったとき、相手が出た。

「はい、佐藤でございます」

明るい女性の声。――里加は戸惑った。

「もしもし？　どちら様ですか」

「あの――佐藤さんのお宅でしょうか」

里加は分っていることを訊いた。時間が必要だった。

「はい、さようでございます」

「奥様――でいらっしゃいますか」

「はい、そうです」

「あの……ご主人様の会社の者ですが、ご主人様、おいででしょうか」

舌がもつれそうになった。こんな言い方じゃ、向うが信用してくれないだろう。

ところが、

「主人、少し前に出かけましたが」

という答え。

「あの――どちらへ」

「さあ、何か急な仕事の用と申しておりましたから、そのことでは」

「――ありがとうございました」

里加は、電話を切っていた。

「どうしたの？」

そばで呆気に取られていた香子が、覗き込むようにして訊く。

「先生……」

里加は呟くように言った。

先生――。「公園にいる」と言っていた。

どこの公園とは言わなかったが、それはいつも足を向ける公園だからだろう。

「分った」

と、里加は言って立ち上ると、「香子、私、急いで木谷先生のいる公園に行くから」

「何なの？」

「先生が電話して来たら、先生に言って。公園から出てって」

「公園から出て？」

「そう。分ったね？」

「うん。でも……」

「そう言うのよ、分った？」

　里加は玄関へ出ていた。

　木谷早苗の家の近くに公園があるのだ。里加は早苗の所へ遊びに行って、帰り道、その公園でしばらくおしゃべりしたことがある。

　きっとあそこだ。しかし、ここからはそうすぐに行けない。

　先生！　公園から出て！　愛する「彼」が、先生を殺しに行くよ！


　どうしよう？

　――木谷早苗は何度も手の中の携帯電話を見下ろして、ためらった。

　もちろん、今となっては、「起ってしまったこと」を変えることはできないが、本当に何が起ったのか、知るのは恐ろしかった。

　里加が、佐藤の所へ電話しているだろう。そして――何を聞いただろうか？

　夜はもうかなり冷えてくる。公園の中で、一人待っている自分が、とても頼りなく、心細く思えた。

「どうして止めなかったんだろう……」

佐藤が妻を殺すと言い出したとき、驚いて止めようとはしたが……。自分自身、どこまで本気で止めたか。

結局、彼に任せてしまったあの瞬間を、一生後悔することになるかもしれないのだ。

手の中の携帯電話が鳴り出し、静かな公園の中では、池の魚さえびっくりして目をさますかと思われた。

「もしもし……」

こわごわ出てみると、

「早苗……。君か。今は一人？」

「ええ、もちろん」

と、早苗は言った。「あなた……どうなった？」

「すんだよ」

それを聞いて、早苗は一瞬よろけた。

「──もしもし？　聞いてるか、早苗？」

しばらく呼吸を鎮《しず》める必要があった。

「聞いてるわ……」

「公園にいるね？」

「——ええ」

「そこで待っててくれ。今そっちへ向ってるから」

声がよく聞こえなくなった。

「もしもし？　——もしもし！」

通話が切れる。大方、車の中で携帯を使っていたのだろう。

「ああ、どうしよう！」

あの人に、何という罪を犯させてしまったのだろう！

早苗が求めたわけでも、そそのかしたわけでもないが、早苗が原因であることは間違いない。

公園の中を、早苗はよろけるような足どりで歩き回った。一か所に立っているのが怖いようだった。

そして——ふと気が付くと、手の中の汗にまみれた携帯のリダイヤルボタンを押していた。

「——もしもし」

「里加さん？」

「私、妹の香子です」

「ああ……。お姉さんは——」

「お電話、待ってたんです！　姉は今そっちへ向ってます」

「ここへ？」

「先生に伝えてくれと言ってました。『その公園からすぐに出ろ』って」

「ここから出ろって？　どういうこと？」

「分りません。ともかくそう言ってくれって、念を押して行きました。——もしもし、先生？　聞こえますか？」

「ええ……。聞いてるわ」

「じゃ、その通りにして下さい。たぶん、何かわけがあってのことだと思います」

「——分ったわ、ありがとう」

早苗は通話を切って、公園の中を見回した。

ここを出ろ？　——なぜ里加はそんなことを言ったんだろう？

しかし、里加が理由もなくそんなことを言うわけがない。特に、里加は佐藤の家へ連絡を入れたはずだ。

里加は何を聞いたのか……。

早苗は、自殺しかかった田賀兄妹を里加が救った、あのふしぎな出来事を思い出していた。

そうだ、公園を出ろというのは、何かよほどのことがあるのだ……。

でも佐藤もやって来る。今ここを出てしまったら、佐藤は——。

早苗は、迷子になった小さな子供のように、公園の中で立ちすくんだ……。

里加は、息を弾《はず》ませながら、公園の中へ入った。

先生……。先生？

里加の脳裏に、すでに息絶えて冷たい地面に横たわる早苗の姿がチラついたが、それは決してくっきりとした像を結ばなかった。

大丈夫だ。——きっと大丈夫だ。

池のほとりのベンチ。二人でおしゃべりをしたベンチに、男が座っていた。コートを着たまま、前かがみに背を丸めて。

里加の砂利を踏む足音にハッと顔を向けたが、すぐに目をそらし、黒い池の面《おもて》を眺めている。

里加は足を止めて、

「佐藤さんですね」

と言った。

里加の方を見ると、

「君は?」

「笹倉里加といいます。木谷先生のクラスの生徒です」

「笹倉……。聞いたことがある」

と、少しかすれた声で、「何か……事故に遭《あ》った子だね」

「そうです」

「どうして君がここへ?」

「止めようと思って。——あなたが先生を殺すのを」

佐藤の顔は、もともと寒さで青白くなっていたが、その言葉を聞くとさらに血の気が失せた。

「違いますか? 奥さんをどうしても殺せなくて、先生を殺そうとやって来たんでしょう?」

佐藤はゆっくり立ち上ると、

「君のことを……ふしぎな子だと言っていたのは、こういうことか」

「私、そう感じただけです」

と、里加は言った。「でも——良かった。あなたがまだここにいるってことは、先生も無事なんですね」

佐藤は、肩の力がフッと抜けて、

「ああ。――無事だ。僕がここへ来たときは、もういなかった」

「私がそうして下さいと言ったんです」

「君が言ったのか」

「でも、先生にも分ってたはずです。あなたに罪を犯させたくないと思って、姿を消したんです」

「僕は……彼女が逃げたんだと思って……」

「違います。先生は取り返しのつかないことを、あなたにさせたくなかったんです。奥さんを殺してほしいなんて、思ってもいなかったはずです」

「ああ……。僕も分ってた」

と、佐藤は力なく肯くと、「自分にそんなことができっこないと……。ただ、どうしても彼女を失いたくない。――その思いが、ついあんなことを言わせたんだ」

「先生には生徒がいます。生徒がいる限り、立ち直れます」

「うん……。彼女は立ち直るだろう。怖かったのは僕なんだ。彼女を失ったら……僕にはもう老いることしか残っていない……」

「――仕方ないじゃありませんか。いつか誰でも、そんな時を迎えるんです」

「そうだね……」

佐藤は、大きく息を吐き出すと、「これから、毎日鏡を見る度に、白髪がふえていくだろう」

と言った。

その声は、もう落ちついていた。

「里加君――だったか」

「はい」

「本当に君はふしぎな子だね」

「私、一度死んで生き返ったからでしょう」

「ああ、聞いた。――十六とは思えないくらい、大人だよ」

「そんなこともありませんけど」

里加は少し照れた。

「――帰るよ」

と、佐藤は言った。「彼女に言っておいてくれないか。――きっと彼女を殺すことなんかできなかったろう、って。僕は、この池で死ぬつもりだったって……」

佐藤はコートのえりを立てると、

「冷えるね」

と言って、「それじゃ」

小さく肯くと、足早に立ち去る。

里加は、その後ろ姿を見送って、それから振り返った。

植込みのかげから、早苗が現われた。

「先生……。聞いてたんですね」

「里加さん……。ありがとう」

早苗はうつむいて、「こうなるのが一番良かったのね」

里加は早苗の腕を取ると、

「冷え切ってますよ。――熱いおしるこでも食べませんか」

「こんな時間に?」

「その先のファミレス、ちゃんと開いてました」

里加はそう言って、「でも――先生、お財布、持ってる?」

と訊いたのだった。

20 非行

教室の戸が開いて、

「おはよう！」

と、木谷早苗が入って来る。

里加はホッとして、つい笑顔になった。

あの辛い出来事の後、木谷早苗がいつもと少しも変らずに教室へ現われたのが嬉しかった。

「皆さん、土曜日はちゃんと寄り道しないで帰った？」

と、早苗は生徒たちを見回して言った。

「先生の方が途中で姿消したじゃない」

と、誰かが言った。

早苗は澄まして、

「そりゃそうよ。先生は大人ですからね。内緒のお付合いもあるのよ」

その言葉に、クラスの中がワーッと沸いた。早苗は笑っていたが、そのジョークが自分の傷をいじめるような痛みを伴ったものだということを、里加だけが分っていた……。

「幹事だった、大和ユリさん、ご苦労様でした」

と、ねぎらうことも忘れない。「ええと……お休みは三好淳子さん？」

それを聞いて、初めて淳子が休んでいることに気付く。もともとおとなしくて静かだから、休んでも分らない。

——里加は、書店で万引きする淳子を見てショックを受けたことを、思い出していた。

あれはいつからなのだろう？　あのときだけ、というのならともかく、あの手つきはとても初めてとは思えなかった。

淳子……。

でも、何か淳子の方から相談でも持ちかけられればともかく、いきなり万引きの話を持ち出すのはまずい。

少し気を付けて見ていよう、と里加は思ったが、淳子は時々風邪をひくので、休んでいることと自体、大して気に止めてはいなかったのである。

その日の昼休みのことだった。

「——笹倉さん」

と、教室を覗いたのは木谷早苗だった。「笹倉さん、ちょっと」

「はい」

里加は立って、呼ばれるまま、廊下へ出た。

「あなた、三好淳子さんと幼なじみよね」

「ええ、小学生のころから」

と、里加は言いながら不安になった。「何かあったんですか?」

「悪いけど、午後の授業、欠席して一緒に来てくれる? もちろん、担当の先生には話しておくから」

「いいですけど……」

「警察へ行くの」

と、早苗は言った。

「――分りました」

友だちが大勢行き来する廊下で詳しい話はできない。その点は里加も分っていたが、どうしても気になって、

「淳子がけがとか、襲われたとか……」

「そうじゃないの。大丈夫」

それを聞いて、取りあえず里加はホッとした。

安井美知子に後を頼んで、里加は帰り仕度をした。

「木谷先生のお供」

とだけ言って、むろん警察沙汰ということは隠しておく。

校舎を出ると、木谷早苗が待っていた。

「悪いわね」

「いいえ。——バスですか?」

「もし通ればタクシーで行きましょう」

あまり天気の良くない、底冷えする日だった。表へ出て歩き出すと、幸いタクシーが空車で通りかかり、うまく拾うことができた。

「——冷えるわね」

と、暖いタクシーの中で、早苗は言った。「風邪、ひかなかった?」

あの公園でのことを言っているのである。

「ええ。先生は?」

「お汁粉が効いたわね」

と、早苗は微笑んだ。「昨日一日、泣いて過したら、大分スッキリしたわ」

「顔に出てます」

「そう? そんなに分りやすいかな、私って」

「分りやすいですよ」

「言ったわね」

と、早苗は笑った。

「いい生徒がついてますから」

「そうね。——感謝してるわ」

早苗は、里加の手を軽く握った。

「先生、淳子は……」

「うん……」

早苗はタクシーの運転手の耳を気にしながら、「補導されたらしいの」

と、小声になる。

「何したんですか？　万引きか何か？」

と、自然に訊いていた。

「いいえ。サラリーマンを誘って、ホテルに入ったって」

早苗の返事は、里加の想像を超えていた……。


「——木谷先生ですね」

と、明るいスーツ姿の女性が出て来て言った。

「木谷です」

と、早苗は頭を下げて、「三好淳子がお手数をかけて――」

「わざわざどうも」

女性の刑事？　――里加は、どう見ても、まだ二十代の若々しいその女性を興味を持って眺めていた。

「私は朝岡《あさおか》ルリです。通報を受けてホテルへ入りました」

と、その女性刑事は言った。

「三好淳子に会えるのでしょうか」

「ええ。――特に補導された前歴もないようですし。でも、今回ははっきり自分から男を誘ったと認めています」

「相手の男性は？」

と、里加が言った。

「これは笹倉里加といって、同じクラスの子です。三好淳子とは幼なじみで、一番親しいので」

と、早苗が説明した。

「よろしく」

と、朝岡ルリは肯いて、「相手の男は、身許と連絡先を確認した上で帰しました」

「そうですか」

「未遂だったので。ちょうど踏み込んだとき、ベッドへ入ろうとして裸でした。真赤になってあわてて下着をはこうとして転んで、机の脚に頭をぶつけてましたよ」

その場面を想像するとおかしい。

しかし、三好淳子としては、笑い話ではすまされないのだ。

「こちらへどうぞ」

先に立って案内してくれる朝岡ルリは、髪も短くボーイッシュに切って、なかなか魅力的だった。

「――どうぞ」

ドアの一つを開け、「先生よ」

と、声をかけた。

早苗と里加が中へ入ると、殺風景な事務机の前に、ちょこんと椅子にかけた淳子がいた。

「淳子――」

「里加も来たの」

淳子が、かすかに唇の端で微笑んだ。

「授業、サボってね」

「ごめんね」

「いいよ。お宅へは?」

「今、いないし」

と、淳子は言った。

「いない？」

朝岡ルリは腕を組んで、

「真面目な子だと思ってらしたってよ。あんまり心配かけちゃだめ」

「すみません」

と、淳子は頭を下げた。

「どういう事情だったんですか」

と、里加が朝岡ルリに訊く。

「通報があったんです。〈P〉というホテルで、十六の女の子と中年のサラリーマンが売春している、と」

「通報は誰からですか」

「匿名《とくめい》で、切ってしまったそうです。女の声だったと」

「女の声……」

里加は少し考えて、「通報で踏み込んだということですけど、ルームナンバーは？」

「それも通報してくれたそうです」

ルームナンバーまで？

そんなことまで、どうして分ったのだろう?

「ご迷惑をかけました」

と、早苗が何度も頭を下げ、「もう二度とこんなことのないように、よく言って聞かせますので」

「今回は、放免ということにします」

と、朝岡ルリは言った。「お宅へは連絡が取れなくて」

「私の方から必ず」

「そうして下さい。保護者が知らないというのでは困ります」

「かしこまりました」

と、早苗はくり返した……。

——警察署を出るとき、朝岡ルリは玄関まで送ってくれた。

「じゃ、お気を付けて」

「ありがとうございました」

里加は、淳子と二人で外へ出た。——そして、ふと振り向くと、あの女性刑事が手を振った。

里加は何となくふしぎで、もう一度軽く会釈したが、そのまま背を向けて歩き出した。

そのとき、里加の耳もとで、

「また会いましょうね」

という声が聞こえた。

驚いて振り向くと、朝岡ルリは玄関に立って見送っている。

里加は心の中で、

「今の声は、あなた？」

と訊いた。

「ええ。あなたを見たとき、分ったわ。こうして会話ができるって」

朝岡ルリと里加。二人とも口には出さず「心の声」を相手に送ることができるのだ。

「里加、どうしたの？」

と、淳子が振り向く。

「別に」

朝岡ルリが奥へ姿を消す。

里加は、淳子の肩に手をかけて、一緒に歩き出した。

「――淳子」

「うん」

「警察へ通報した女って、淳子自身でしょう？」

淳子は目を見開いて里加を見ると、

「どうして分った？」

「直感よ。それに、淳子がそんなこと……。教えて。何か理由があったんでしょ？」

「うん」

淳子は肯いて、「お願い！　木谷先生には内緒ね！」

「いいよ。その代り――」

「ちゃんと話すわ」

淳子は小声で言った。「でも、命にかかわることなの」

淳子はどう見ても本気だった。

「――三人で甘いものでも食べる？」

と、後ろを歩いていた木谷早苗が二人の肩に手をかけて言った。

21　テレパシー

「私、近道してただけなの。本当よ」

と、三好淳子は強調した。

木谷早苗は学校へ戻り、里加は淳子と一緒に家へ帰った。

里加の部屋で寛《くつろ》ぐと、淳子はやっと事情を説明し始めたのである。

「ホテル街だってことは知ってたけど、ほんの何十メートルかだし、昼間だしね」

と、淳子は言った。

「学校、休むつもりだったの?」

「遅刻して行こうと思ってた」

「具合でも悪かったの?」

「そういうわけじゃないんだけどね……」

淳子は、少しためらってから、「今、お父さんとお母さん、うまく行ってないの」

「そう」

淳子とは小学校から一緒だ。淳子の両親のことも知っている。

「お母さんがね、好きな男ができてほとんど帰って来ないのよ。だから、家のこととか、私がやらなきゃいけなくて……」

「大変ね」

「もちろん、だからって学校サボっちゃいけないんだけど、お父さんも面白くないから、よく酔っ払って夜中に帰って来るの。寝かしつけるのが大変で、そんなことやってると朝になったりして……。頭がボーッとして起きられないんだ」

「それはそうね」

「今朝も、やっと九時すぎに起きて、お父さんを起こして送り出したら、くたびれちゃって。——それでも家を出て、駅まで近道しようとしたの」

淳子は、ちょっと笑った。「おかしいわよね。ドラマみたいなことがあって……。あのホテル街歩いてたら、向うからお母さんが来たの」

「じゃ、偶然バッタリ?」

「でも、お母さん、若い男と一緒だった」

と、淳子の顔が少し歪んだ。「しかも、ホテルへ入ろうとして、どこにするか覗いてたのよ」

「そう……」

「私、そんなところ見たくなかったし、向うに気づかれるのがいやで——。とっさに、同じ方向へ歩いてくサラリーマンの腕、つかんで、『ホテルに入りませんか？』って言っちゃったの。もちろん、相手が逃げると思ったんだけど、その気になっちゃって。目の前のホテルに入っちゃったのよ」

「ねえ。ブツブツ言ってたわ。『俺なんかいなくても、誰も困らないんだ』って」

「その人、仕事は――」

「情ない人ね」

「それで私、出るに出られなくなって……。思い付いて、男がシャワー浴びてる間に警察へ電話しちゃった」

「危いわね。もう少しあの刑事さんの踏み込むのが遅かったら……」

「うん。できるだけシャワー浴びるの長引かせたんだけど、ああいうホテルのバスルームって狭いのね！　のぼせちゃって」

「呑気ねえ」

と、里加は思わず笑った。

しかし――両親がそんな状態でいるせいで、淳子は万引きなどしてしまうのかもしれない。

「木谷先生、うちの親に知らせるかなあ」

「一応、義務だものね。十六歳は未成年だから。でも、淳子のこと、叱れないわね」

「そうだよね！　逆に私の方から脅迫しちゃおうかな」

淳子が思ったより明るいので、里加はとりあえずホッとしていた。

もし、淳子がいつも男を誘うようなことをしているのだったら……。里加はそう心配していたのだ。

しかし、少なくとも今の淳子の話に嘘はなさそうだった。

もう一つ、里加が気にしていたのは、あの女性刑事のことである。――朝岡ルリといったか。

里加には予感があった。

あの女性刑事に、近い内、また会うことがあるだろう、と……。


その日は思っていた以上に早く来た。

三日後、どんよりと曇った底冷えのする日だった。

昼休みも、ほとんど外へ出る子はなく、教室の中は、おしゃべりの声で一杯になっていた。

里加は、そのおしゃべりに加わっているわけではなかったが、そばに座って何となく耳を傾けていた。

「こんにちは」

「――え？」

里加は振り返った。しかし、誰もいない。

それに今の声は、とても近くに聞こえたが、耳もとで言われたというのと、どこか違っていた……。

「私を憶えてる？」

あ……。朝岡さんだ。朝岡ルリさんですね。

「――そう。分ってくれて嬉しいわ」

今、どこに？

「あなたの席から見えるわよ」

朝岡ルリの声は、直接里加の中に入り込んで来る。

里加は窓の外を見た。校庭に、赤いコートの朝岡ルリが見える。

むろん、ずっと離れていて、大声で叫んでも聞こえるかどうか。

私に何か……。

「ちょっと話がしたいの。出て来られる？」

はい。

――里加は、教室を出て、校舎の玄関から出て行った。

「寒いのに、ごめんね」

今度は本当の声だった。

「いいえ」

「外じゃ寒いわ。こっちへ」

校舎から、ちょうど木立ちで隠れている小径《こみち》に小さな車が停《とま》っていた。

「朝岡さんの車？　可愛い」

と、里加は笑ってしまった。

「刑事だからって、色気も何もないと思ったら大間違いよ」

「そんなこと思ってませんよ」

「乗って。中で話しましょう」

と、朝岡ルリは里加を促した。

里加は助手席に座った。ドアを閉めて、風が当らないだけでも楽だ。

「この間はご苦労様」

と、朝岡ルリは言った。「あの子と話した？」

「淳子とですか？　ええ」

「どんな風に言ってたの？」

里加は淳子に聞いた通りを話した。

「――何か淳子の話に不自然なところでも？」

と、里加は訊いた。

「そうじゃないの。確かにね、あの子の母親がホテルへ入ったのよ、あのとき」

里加はちょっと驚いて、

「淳子のお母さんのことまで、どうして分るんですか?」

「他の担当がね、あの子の母親の相手を尾行してたの」

思いがけない話だ。

「それでね」

と、朝岡ルリは言った。「ホテルの外で張り込んでたら、私があの子の入ったホテルへ駆けつけたでしょう。その騒ぎを聞いて、肝心の相手が逃げちゃったのよ。おかげで、こっちへ抗議が来て」

「そんなことが……」

「で、尾行している男の相手の女の名前を聞いたの。三好浩枝《ひろえ》。——『三好』って、あの子の姓でしょう。もしかしたら、と思って」

「じゃ、淳子のお母さんも何か係ってるんですか?」

「さあ、それはまだ分らないわ」

と、朝岡ルリは首を振った。「ただ、あの母親が、感心できない相手と付合っているのは事実ね」

「どういう男なんですか？」

「麻薬の密売に絡んで、目をつけられてるのよ」

　里加は愕然とした。

「万一、その仕事を手伝ったりしていると困ったことになるけど、まだ何も知らないのなら、早くやめさせないと」

「分りました。でも、そんなこと淳子には……」

「でも、なかなか勘の鋭い子じゃない。察しているかもしれないわ」

「私に何かできることが……」

「今はまだないわ」

と、朝岡ルリは言った。「もし、何かしてもらう必要があれば、改めて会いに来る」

「はい」

　朝岡ルリは、まじまじと里加を眺めた。

「あなたはいつから？」

「つい最近です」

「何か特別なことが？」

「溺れて死にかけたんです」

「まあ、それで？」

「一旦心臓が停止して……」

里加がそのときのことを話すと、朝岡ルリは感心して、

「まあ、ずいぶんドラマチックな経験をしたのね」

「朝岡さんは？」

と、里加は訊いたが、「──いけない、もう戻らないと」

「また今度ね」

と、朝岡ルリは車を出ると、「今の話、あの淳子って子には黙ってて」

「分りました」

里加が校舎の方へ戻って行くと、

「今度、食事でもしましょ」

と、朝岡ルリの声が送られて来た。

「私、イタリア料理が好き」

と、里加は返してやった。


「──里加、どこに行ってたの？」

席に戻ると、安井美知子が言った。「木谷先生が探してたよ」

「先生が？　何だろう」

「さあ、分らないけど」

昼休みはあと二、三分ある。

「ちょっと行ってくる」

と、急いで教室を出た。

職員室を覗くと、

「木谷先生は応接室だよ」

と、他の先生が教えてくれた。「君を呼びに行ったが――」

「すぐ行ってみます」

応接室のドアをノックすると、

「失礼します」

と、ドアを開けた。

「――あ、聞いて来たの?」

と、木谷早苗が言った。

早苗と向い合って座っているのは――あの、公園で里加が会った、早苗の「恋人」だった。

「やあ、あのときは……」

「どうも……」

今は、落ちついて、いい表情をしていた。

「今度、奥様とニューヨークに発《た》たれることになったの。それで挨拶に」

「そうですか」

「あなたにも、ひと言、お礼を言いたいっておっしゃるんで」

「色々ありがとう」

と、差し出された手を、里加は固く握った。

22　赤信号

高校生ともなると、体育の時間は男女で一緒というわけにいかない。

「里加、大丈夫なの？」

と、体操着に替えた友人たちが、次々に声をかけて来る。

「うん、もう平気」

事故以来、体育の授業は見学していたのだが、今日から出ることにしたのだ。

母の加奈子は心配して、

「年内一杯は休んだら？」

と言ったが、里加は、

「これ以上なまけてたら、動けなくなっちゃうよ」

と言い張って、体操着を鞄へ詰めたのだった。

「今日、女子は？」

「バレーでしょ」

バレーボールといっても、本気でやってる子はいない。「ボール遊び」という方が正しいだろう。

里加にとっては、まずそれくらいの運動がちょうどいいのかもしれない。

教室を出て体育館へ、クラスの子たちとのんびり歩いていると、木谷早苗が向うからやって来た。

「あら、出るの？」

「はい。もういい加減、動かないと」

「しっかりね」

早苗は微笑んで言った。

体育館へ入ると、女の子たちの話し声が反響して、まるでスピーカーの中へ頭を突っ込んだよう。

「始業のチャイム、鳴ったっけ」

「今、鳴ってるよ。――ほら」

確かに、耳を澄ますと廊下でチャイムが鳴っている。

「ほら、静かにしろ！」

若い男性の体育教師は、喉をからしてくり返し叫んでいる。「女子、集まれ！」

「先生、もう鳴りましたよ」

「聞こえないじゃないか、お前たちがやかましくて」

「えー」

「だってー」

と、たちまち声が上る。

「うるさいぞ！　――今日は縄飛び」

このひと言で、また抗議の雄叫《おたけ》び（？）がひとしきり続く。

「三人で一組になって、お互いに採点する。いいな？　しめし合せて、ずるするんじゃないぞ」

と言えば、

「ひどい！　生徒を信じてない！」

と、やられる。

「出席番号順」

と言うのを断固拒否して、

「好きなように組ませて！」

という要求の声は体育館を揺がさんばかりで、ついに、

「分った！　好きにしろ！」

と、教師が音《ね》を上げた。

たちまち、仲良し同士のグループができていく。――里加は、

「三で割り切れないんじゃないですか」

と言った。

「何だ、笹倉。お前、大丈夫なのか？」

里加も、さすがにうんざりして、返事する気になれなかった。

「三人ずつだと余る子が――」

と、里加は言いながら、隅の方で一人ポツンと立っている三好淳子に気付いていた。

たぶんこういうことになるだろうと思ったのだ。

「里加、早く」

美知子が手招きしている。里加が入れば三人のグループになるのだ。

「先生」

と、里加は言った。「三好さんを入れて、私たちだけ四人のグループにしていいですか？」

「ああ、そうしてくれ」

と、教師はホッとした様子で、「おい、各グループから一人出て、用具室から縄を取って来い！」

――誰が行くかでひともめして、それでも十分ほど後には、それぞれのグループで縄飛びが始まった。

一人ずつ交替で飛んで、お互いに回数を数える。

「――くたびれた！　休憩！」

と、美知子が床に座り込む。

リレーに出たくらいだから、運動ができないわけではない。でも、とりあえず、みんなの前では「だめな子」を演じていた方が楽なのである。

体育館を事務室の人が覗いて、

「三好さん、いる？　三好淳子さん」

淳子がハッとするのが分った。

「はい！」

「お電話よ、お宅から」

「すみません」

淳子が急いで駆けて行った。

――どうしたんだろう？

里加には気になった。

「里加の番だよ」

と、美知子が言った。

「ちょっと冷えちゃった。トイレに行ってくる！」

里加は小走りに体育館を出ると、淳子の後を追って行った。

「――うん。――分ってる」

事務室をそっと覗くと、電話で話している淳子の後ろ姿が見える。

里加は目を閉じて、聴覚に注意を集中した。

どうだろう？　今日はだめかな。

そう思っていると、突然、

「――場所は分ってるわね」

という声が耳に飛び込んで来た。

淳子の電話の相手だ。声には聞き憶えがあった。たぶん、淳子の母親だろう。

「この間の所だよね」

と、淳子は言った。

「そう。気を付けてね」

「大丈夫だよ」

「ごめんね。どうしても出かけられないの」

「うん、分ってる」

「あまり遅くならない内に行ってね。暗くなると危いから」

「はい」

淳子は、ほとんどしゃべらない。——母親に何を頼まれているのだろう？

母親の声には、はっきりと不安な気持がこもっていた。「仕方なく」淳子に頼んでいるのだ、と分る。

「気を付けて」とか「危い」という言葉が気になった。

「授業中だから。それじゃ」

と、淳子が電話を切る。

里加は急いで姿を隠して、淳子が体育館の方へ戻って行くのをやり過した。

淳子の足どりは、どこか重く、疲れて見える。——そして、里加は突然思い出した。

「命にかかわることなの」

と、淳子は言った。

あの、男を誘ってホテルへ入ったわけを訊いたとき、淳子は確かにそう言ったのである。

しかし、結局淳子の話してくれたことは、どう考えても、「命にかかわる」ようなことではなかった。

そうだ。淳子は何か隠していたのだ。

里加は、少し待って体育館へと戻って行った。

「もしもし」

「里加さんね」

と、朝岡ルリが言った。

「そうです」

「何かあった？」

「実は淳子が――」

里加は、淳子の姿をずっと先に見ながら、携帯電話で朝岡ルリ刑事にかけていた。

下校時、淳子は、急いで帰り仕度をして、

「用があるから、今日は」

と、飛び出すように出て行った。

ここまで追いつくのは大変だったのだ。

「――母親の代りにどこかへ行こうとしているのね」

事情を聞いて、朝岡ルリは言った。

「何だか不安なんです」

「何かありそうね。私も行くわ。今、どの辺？」

よく知らない場所だったが、里加は近くの信号機についた地名を読んだ。

「分ったわ。十分もあれば行けると思う。また電話してくれる？　私の携帯に」

「分りました」

横断歩道の信号が点滅している。淳子は駆け出して向うへ渡ってしまった。

里加は、車の流れに遮《さえぎ》られて、とても渡れなかった。赤信号を無理に渡って、事故にでも遭ったら大変だ。

しかし、信号は長く、やっと青になったときには、淳子の姿は見えなくなっていた。

横断歩道を渡って、里加は足を止めた。

――駅前のにぎやかな通りから一本それただけだが、ひどくごみごみとした場所である。夜になれば、バーやスナックが開いて、人出もあるのだろうが、まだ日の暮れていないこの時間は、ひっそりとして無人の町のようだ。

五、六分して、朝岡ルリの小型車が見えた。

里加が手を振ると、すぐに寄せて停る。

「――見失っちゃったんです、この信号で」

と、里加が言うと、

「どこへ行ったか、大体の見当はつくけど」

と、朝岡ルリは言った。

「本当に?」

「この辺は、覚醒剤の売買がよくある所なの」

里加は息をのんで、

「淳子がそんなことに……」

「何か事情はあるんでしょう。――あなたはここで待ってて。この通りの奥へ行ってみるわ」

「私も行きます」

「危いかもしれないわよ」

「平気です」

「じゃ、私から離れないで」

――二人は細い路地のような道を入って行った。

「駅の近くに、こんな所があったんだ」

と、里加が言った。

「駅の位置がね、少しずれたの。乗り換えの都合でね。それまではここは駅前のにぎやかな飲み屋街だったんだけど、すっかりさびれて……」

シャッターが下りて、そこに〈売家〉という紙の貼られている所も多い。その貼紙さえちぎれていた。

――不意に、二階建の古びた建物から、ジャンパー姿の若い男が、ポケットに両手を突っ込んで出て来ると、二人に気付かず、背を向けて駆けて行った。

ルリが建物を見上げる。

「——新聞社?」

と、里加は言った。

聞いたことのない新聞の名を書いた、古ぼけた看板がかかっている。

「体裁だけよ。——前から目をつけてた場所だわ」

ルリは里加を見て、「中の声が聞こえる?」

「やってみます」

里加は目をつぶり、吹きつける冷たい風のことも忘れて、じっと「音」にすべての感覚を開いた。

23　袋小路

初めは風の唸《うな》りが耳を満たすばかりだった。

その内に――ちょうど、ダイヤルを回していくと、周波数がピタリと合って、雑音が一瞬にして消え、澄んだ音楽が姿を現わすように、人の声がくっきりと聞こえて来た。

「――分りません」

「分らないじゃすまないぜ。これにゃ大金がかかってるんだ」

「私はただ、品物を受け取って来てと言われただけで――」

里加は、はっきりとその声を聞き分けた。

朝岡ルリの方へ、

「淳子の声です。困ってるみたい」

と言った。

「ただのおつかいか？　子供じゃないんだ。高校生だろ、お前？」

と、男の声。

「そうです」

「なら分ってるだろ。お前のお袋がお前を代りに寄こしたってことは、どういうことか」

淳子は無言だった。

「――一日待てば、こっちはそれだけ捌《さば》くのが遅れる。その分損をするんだ。分るか？」

「すみません」

「お前が謝ることはないんだぜ。謝ってほしいのはお前のお袋だ。しかし、自分じゃここへ来てもどうにもならないって知ってるんだ。だからお前を代りに寄こした」

「――はい」

「ひどい母親だな。憎らしいだろ？」

と、男は笑った。

「お母さん……可哀そうです」

と、淳子は小声で言った。

「そうか。優しい子だ。親孝行だな。感心だ」

と、男は言った。

立ち上ったのか、ガタガタと椅子の動くような音が聞こえた。

「じゃ、親孝行な娘としては、何をすればいいか分るな」

里加はルリを見て、

「淳子が――」

「見当はつくわ」

ルリはショルダーバッグに右手を入れて、「一緒に来て」

と、そのまま建物の中へ入って行った。

狭くて薄暗い階段を小走りに上ると、正面のドアを思い切り大きく開ける。

里加は、ルリの後ろに立って、

「淳子!」

と言った。

オフィスと呼ぶには寒々しい部屋。そのソファに、淳子は上半身裸になって座っていた。

「——何だ、女刑事さんか」

白いスーツの上着を脱いだ、色の浅黒い男が、淳子のそばから離れて、「自由な恋愛を邪魔していいのかい」

「相手が十六歳の場合はね」

と、ルリが言うと、男は舌打ちして、

「忘れてた。——ただのお医者さんごっこだよ。目くじら立てるなって」

「逮捕するとは言わないわ。でも、私、バッグの中の拳銃をいじるのがくせなの。間違って暴発することもあるかも……」

「そいつはごめんだね。——おい、遊びの続きはまた今度だ」

里加は、淳子の脱いだ服を拾い集めると、

「早く着て」

と、渡した。

淳子は無言で服を着ると、鞄をつかんだ。

「一緒に帰ろう」

里加が淳子を連れ出すとき、男が、

「お袋さんによろしくな」

と声をかけた。

「それじゃ」

ルリは軽く会釈して部屋を出ると、ドアを閉めた。

里加は、淳子の腕を取って建物を出ると、駆けるようにして、広い通りまで出た。

「私の車に」

ルリが素早く車に乗り込んで、二人が後ろの座席へ腰をおろすと同時にスタートさせた。

「――もう大丈夫」

五分ほど車を走らせて、ルリが言った。「追って来てないわ」

里加は今になって、汗をかいていた。

「怖かった！」

淳子はじっとうつむいている。

「ね、淳子。——どういうことなのか、話して。このままじゃ、淳子まで妙なことに巻き込まれる」

淳子は鞄を両手で抱きかかえるようにして、

「仕方ないのよ……。お母さんが悪いんじゃない。どうしようもないの」

「だけど——」

「それに」

と、淳子は里加の言葉を遮《さえぎ》って言った。「それに——どうせ、初めてじゃなかったんだもの」

「淳子……」

里加は愕然として、しばらく言葉を失っていた。

車が停った。

「——聞いて」

と、ルリが前を見つめたまま言った。「どうしようもない、なんてことはないわ。追い詰められて、疲れ切っていると、そう思えてしまうものなの。少し離れて冷静に考えれば、どんなことでも逃げ道はあるわ。自分たちだけで苦しまないで。きっと、誰かいい相談相手が見付かるわ」

淳子はじっと唇をかみしめてうつむいている。

無理に訊こうとしても逆効果と思ったのか、ルリは車のエンジンをかけて、

「家まで送るわ」

と言った。

「いいです。一人で帰れます」

淳子が自分の側のドアを開けると、外へ飛び出した。

「淳子！」

里加が呼んでも、足を止めることなく、淳子は駆けて行ってしまった。

「――どうしたらいいのかしら」

と、里加がため息をつく。

「大丈夫。おうちへ帰るわよ。あの男も、すぐには手を出さないでしょう。警察が見ていると分ればね」

「でも、淳子とお母さんが……」

「残念だけど、もうかなり係り合っているようね」

「何とかしてあげないと……」

「このままだと、母親だけじゃなくて、あの子も遠からずクスリをやり始めることになるでしょうね。つなぎとめておくための、一番いい方法ですもの」

淳子は「初めてじゃない」と言った。

母親の、いわば「身代り」として、淳子があんな男に抱かれたのかと思うと、やり切れない思いだった。


「――ただいま」

と、里加が家へ入ると、

「お帰り」

と、香子が出て来た。

「ただいま。お母さんは？」

「買物に行ってる。ね、お姉ちゃん、さっき電話があったよ」

「誰から？」

「三好さん。淳子さんのお母さんだと思う」

「何て言ってた？」

「別に。いないって言ったら、またかけますって」

「それ、いつごろ？」

「十五分くらい前かな」

里加は、すぐ自分の部屋へ入って、淳子の家へ電話した。

もしかして、淳子が帰っていないのかと思ったのである。

すぐに向うの受話器が上った。

「――もしもし」

「淳子？」

「あ、里加。ごめんね、さっきは」

「そんなことといいけど……。お母さんから電話もらったって――」

「うん、何でもないの。私がつい今しがた帰ったんで、遅いって心配してたのよ」

「それならいいけど――」

「心配かけてごめんね。もう大丈夫だから！」

「でも、淳子――」

「また明日ね」

いやにせかせかとしゃべりまくって、淳子は電話を切ってしまった。

「――どうしたの？」

里加がじっと考え込んでいるのを見て、香子が声をかけた。

「香子、淳子のお母さん、どんな様子だった？」

「どんな、って……」

「しゃべり方とか、心配そうだったとか、あわててたとか……」

「特別気が付かなかったけど」

「そう……」

里加は、少し迷っていたが、「──香子、ちょっと淳子の所へ行ってくる」

淳子の家は近い。心配しているより、行ってみた方が早いだろう。

「お姉ちゃん、大丈夫なの？」

と、香子が眉をひそめて、「せっかく命、助かったんだから、危いことに首突っ込まないで」

本気で心配して怒っている妹の気持はありがたかった。──確かにそうだ。

「分ってる。ありがとう」

里加は、朝岡ルリ刑事へ電話した。送ってもらったばかりだ。まだこの近くにいるだろう。

「──あ、笹倉里加です。──ええ、今、淳子と話したんですけど……」

と、里加は言った。「何だかいやに淳子が元気そうにしてるんで、却って気になって」

「行ってみる？」

「ええ。この近くですから」

「分ったわ。今からそっちへ戻るわ。表で待ってて」

「はい」

里加はコートをつかむと、玄関へ出た。

——朝岡ルリの車が戻って来て、里加はすぐに飛び乗ると、近道を説明した。

ルリが黙って車を走らせる。

車なら、ほんの数分の距離だ。

「何か、早まったことをしなきゃいいけど」

と、ルリが言った。

赤信号で停ると、里加は一つ先の信号を、タクシーが横へ突っ切って行くのを見た。

もちろん、遠すぎてタクシーの中までは見えないのだが——。

「今のタクシー……」

「え？」

「あれに——淳子が乗ってた」

「本当に？」

「分りません。でも感じたの」

信号が青になると、ルリはアクセルを踏み込んだ。

その信号を左折して、タクシーを追う。

「——あれね？」

「そうです。でも、もし勘違いなら……」

「当っていたら、見失えば見付けるのは大変よ」

タクシーとの間を、何とか詰めるのに成功した。しかし、乗っている客までは見えない。

「――駅へ入るわ」

と、ルリが言った。

タクシーが駅前のロータリーへ入ると、駅の少し手前で停った。

24　小さな疑い

間違いない。

タクシーから降りたのは、三好淳子と母親の浩枝だった。

二人は旅行鞄をさげていた。

「どこかへ遠出するんですね」

と、里加は言った。

「電車に乗ってどこへ行くつもりなのか、見失ったら、もう分らなくなるわ」

朝岡ルリは車を駅前の交番の傍《そば》へ停めた。交番にいた若い巡査が出て来て、

「ここへ停めないで」

と注意した。

「公用です」

ルリが身分証を見せると、巡査はびっくりして、

「失礼しました」

「今、尾行中なので、この車、預っておいて下さい」

「かしこまりました！」

しゃっちょこばって敬礼するのがおかしかった。

里加とルリの二人は、淳子と母親が駅の改札口を通って行くのを見て、急いで後を追った。

夕方、辺りが暗くなって、通勤客の帰宅時にもぶつかっている。駅の通路を行く淳子たちを見失わずにいるのは容易ではなかった。

それでも、何とか人の間をかき分けて、前を行く二人の姿を確かめるところまで進んだ。

「ホームに上る」

と、里加は言った。

淳子たちが階段を上って行く。――ここは乗り換え駅なので、ホームが三つあるのだ。

「電車が入って来たんだわ」

と、ルリが言った。

ゴーッという響きと共に、ホームへ電車が入って来るのが分る。淳子と浩枝が階段を足早に上って行く。

「急いで！」

と、ルリが言った。

里加は、ルリの後について、必死で階段を駆け上って行った。――ちょうど、停った電車から降りた客が下りて来るのにぶつかってしまう。

里加は何とかその流れから抜け出して、ホームへと駆け上った。

笛が鳴って、ドアが閉る。——里加はあわてて飛び乗った。

息を切らしながらホームを振り返ると、ルリがやっと上って来る。

閉じたドアの窓越しに、里加は肯いて見せた。——電車はもう動き出している。

仕方ない。ここからは一人で淳子たちを見付けて尾行しよう。

しかし、二人がどの車両に乗ったのか、捜したくても電車内はかなり混んでいて、捜し歩くのは難しかった。

ただ、二人が遠くへ行くつもりなら、たぶん東京駅へ出るだろう。電車の方向からみて、想像がつく。

しかし、その先、二人をどうやって追って行けばいいのか、里加はいささか途方にくれてしまっていた……。


「ごめんなさい」

と、里加は言った。

「あなたが謝ることないわ。あなたは尾行のプロじゃないんですもの」

と、ルリは言った。「今、どこ?」

「東京駅です。ここで淳子たちが降りたのはチラッと見えたんで、確かなんですけど、その先は――」

結局、あまりに広い駅の中で、里加は淳子と浩枝を見失ってしまったのだ。

「どうなるんでしょうね、淳子たち」

駅の地下街の公衆電話から、里加はルリへかけていた。

「そうね。もし、二人が、ああいう男たちの手から逃れようとして旅に出たのだったら、よほど遠くへ逃げないと、いつか見付かっちゃうでしょうね」

「本当に？」

「あの母親が、どの程度係っていたかによるわね。もし、クスリの密売ルートのことを詳しく知っていたりすると、口をふさぐために何としても二人を捜そうとするでしょう」

「二人がどこへ行ったか、分っちゃうでしょうか？」

「そうね。――人間、逃げるといっても、どうしても親類や知人を頼って行くものだわ。全然見知らぬ土地へ行って生活するなんて、容易なことじゃないもの」

と、ルリは言って、「――お父さんがいるわね、あの子の」

「ええ。知らせてあげないといけませんね。二人がいなくなって心配するだろうし」

「私が会ってみるわ。二人の行きそうな場所も、思い当る所があるかもしれない。――ご苦労様。あなたはおうちへ帰って」

と、ルリは言った。

――電話を切ると、里加は、呆れるほどの人の波の中をかき分けて行った。

本当なら……。ルリに言おうかと思った。

もしかすると、夜になって努力すれば、あの二人のいる所へ意識だけが飛んで行けるかもしれない。

しかし、どこに二人がいるか見当もつかないのでは……。

田賀の家へ行ったときは、前に行ったことがあって知っていたから行けたのかもしれない。

自信はない。――里加はともかくやってみて、その上で朝岡ルリへ報告しようと思っていたのである。

帰宅すると、母の加奈子が、

「どこへ行ってたの」

と、咎《とが》めるように訊いた。

「うん、ちょっと……」

「危いことはやめてね」

母の気持はよく分る。

木谷先生のことといい、淳子のことといい、里加が本来なら係り合わなくてもいいようなことばかりである。

　高校生が刑事の代りに尾行をするというのも、妙なものかもしれない。

　けれども、木谷先生も三好淳子も、里加にとって大切な人なのだ。里加の持っているふしぎな力を、その大切な人たちを救うのに使いたいと思うのも、また自然なことだった。

　でも、それを母にどう説明しよう?

「ともかく、ご飯を食べて」

と促され、里加は食卓についた。

　食事しながら、

「年末はどうするの?」

と、香子が訊いた。

「どうする、って?」

「お父さん、帰って来るのかな」

「さあ、どうかしら……」

　加奈子が目をそらす。

　お母さんは気付いている。——父に「女」の影が寄り添っていることを。

　あの「エミ」という女。お父さんはどうしているんだろう?

　電話が鳴る。

里加は事前に感じた。

「あ、電話。私、出る」

と、香子が立って行った。「――はい、笹倉です。――あ、お父さん？　今ね、ちょうど話してたんだよ」

加奈子の声が明るく弾む。

香子は腰を浮かしていた。

「お正月、帰って来るんでしょ？　――本当？　やった！」

香子が振り向いて、「お父さん、クリスマスから休みが取れるんだって」

「あら、珍しい」

「――もしもし。ね、みんなで温泉に行こうよ！」

香子は、若いのに（といっても、今は流行らしいが）、温泉が好きだ。

里加は、母が嬉しそうな表情を見せているのに気付いた。

「――うん、私もブラスバンドの方は二十日で練習終りなの」

と、香子はしきりにアピールしている。「――はい、待ってね」

香子は、母へ受話器を渡した。

「お母さんも行けるんでしょ？」

「何とかなると思うわ。――もしもし、あなた？」

夫と妻の会話になる。

「私の都合は訊かないのか」

と、里加は香子に言ってやった。

「だって、お姉ちゃんは暇でしょ」

「何よ。男と旅行に出るかもしれないでしょ」

「ハハ、大雪だね」

と、香子がからかって笑った。

「――ええ。それじゃ二十四日から？　――もう学校は休みよ、二十四日なら。――そうね。じゃ、私も当ってみるわ」

加奈子は里加の方を見て、「里加と？　――ええ、今、代るわ」

里加は立って行って、母から受話器を受け取った。

「もしもし」

「どうだ、大丈夫か、体の方は？」

「うん。もう体育にも出てる」

「良かったな。無理するな」

「うん」

「暮れは――みんなでのんびりしよう」

里加はチラッと母と妹の方へ目をやった。

母は流しに立って行って、香子はテレビをつけて見ている。

「お父さん――いいの？　クリスマスなのに」

と、少し小声で訊く。

「――うん」

笹倉勇一は、少し間を置いて言った。「何もかも片付いたわけじゃない。しかし、少しずつ距離を置いている」

「そう」

「クリスマス前から、休みを取ってヨーロッパへ出かけるんだ」

「じゃ、寂しいね」

「親をからかうな」

と、父は笑って言った。「お前も、空《あ》けといてくれ」

「いい温泉、捜してよね」

と、里加は言った。

「任せろ。――また、会ってゆっくり話そう」

「分った。お母さんと代る？」

「うん……。じゃ、ちょっと代ってくれ」

「お母さん！　出て」

と呼ぶと、

「まだ何かあるの？　――里加、このお鍋、ふきこぼれないように見ててちょうだい」

「うん」

里加はガステーブルの所へ行って、少し火を弱くした。

「――そうそう。それでね、この間行って来たの」

面倒くさそうなことを言っておいて、話し出すと、あれこれ思い出すらしい。

里加は火を止めて、香子と二人で食事を続けた。

一緒になってテレビのドラマを見ている内、気が付くと、母は電話のそばに椅子を持って行って、腰かけてしゃべっている。

もう十五分だ。――話すことがあるということ。それは、とてもすてきなことなのだろう。

「――お姉ちゃん」

香子がテレビを見たままで言う。

「何よ」

「結婚するなら、お父さんみたいな人がいい？」

里加は面食らって、

「あんたは？」

と訊き返した。

「そうだなあ……。同じような人じゃ、飽きちゃうかな。でも、選んでみたら似てるってことになるような気がする」

中学生の香子が、突然大人びた口をきく。

里加は、却ってホッとしている自分に気付いていた。

25　温　泉

いつもなら、少々の物音で目をさますことはなかった。

意識してはいなかったが、やはり妻の浩枝が淳子を連れて出て行ってしまったことをいつも考えていて、物音を聞いたときとっさに、

「浩枝と淳子が帰って来たのかもしれない」

と思ったのだろう。

パッと起き上ると同時に、三好弥一郎《やいちろう》は、

「浩枝？　淳子か？」

と、声をかけていた。

返事はなかった。

家の中は暗く、静かだった。

「夢の中かな……」

と呟いたとき、居間で、何かが落ちて砕ける音が響いた。

あれは花びんが落ちたのだろう。

「——誰だ？」

無用心と言われれば、その通りだろう。

しかし、三好は危険などまるで予測していなかった。こんな家に入る泥棒はいないと思い込んでいたのだ。

一人暮しになって、三好は半ばやけになってもいた。——浩枝だけならともかく、淳子まで、学校を放り出して行ってしまった。

どういうことなんだ？　母親に同情しても、父親にはしないのか。

三好はかなり腹も立てていたが、それでもやはり二人に帰って来てほしいと思っていたのである。

「誰かいるのか？」

三好は、寝室を出て、居間の方の様子をうかがった。

明りはついていない。少しの間、耳を澄ましたが、人のいる気配はなかった。

とはいえ、さっきの花びんらしいものが砕けた音は確かに聞こえたのだ。

「誰かいるのか」

三好は、いつもの口調で言った。「何もないぜ。うちには盗むものなんてない。女房と娘が逃げ出して、俺一人だ。嘘だと思うなら、気のすむまで捜せ。時間のむだだぞ」

居間を覗くと、そっと手を明りのスイッチへ伸した。

明りをつける。

三好は、まぶしさに一瞬顔をしかめた。そして――何も分らないまま、銃声と共に弾丸が三好の心臓を貫いていた。

「やめて！　やめて！」

里加は起き上って叫んだ。

「お姉ちゃん！」

香子がびっくりして飛び起きた。

里加は、肩で息をついていた。

「――香子」

「大丈夫？　夢でうなされたの？」

「夢……」

里加は、ゆっくりと目を閉じて、気持を鎮めた。

「よっぽど怖い夢だったんだね」

「ごめん、びっくりさせて」

と、里加は言った。「――お母さんたちが別の部屋で良かった」

――冬休みに入って、笹倉家の四人は温泉へ来ていた。

ホテルなので、ベッドである。——二部屋取って、父と母、そして姉妹二人でゆったりと寝ることにした。

ゆうべ着いて、里加と香子は既に三回も大浴場に入りに行った。くたびれて二人ともぐっすり眠っていたはずだが、里加の脳裏に、突然あの光景が映し出されたのだった。

淳子の父親が、忍び込んだ誰かに撃たれる。

——本当に夢だったらいいけれど、と思った。

「寝よう」

と、里加は言った。「もう大丈夫だと思うよ」

「頼むよ。寿命が縮んだんだから」

と、香子が再びベッドへ潜り込む。

里加は、時計へ目をやった。——間もなく夜が明ける。

さっきの「夢」が本当の夢でありますように、と里加は祈るような気持だった……。

「——お姉ちゃん。——お姉ちゃん」

体を揺さぶられて、里加は目を開けた。

それを見て、香子が思わず声を上げる。

「良かった！　目をさました！」

「何よ……。大げさね」

と、里加が欠伸《あくび》をすると、

「大げさだなんて！　いくら起こしても起きないから。また……もしかしたら、って思って……」

香子の目から大粒の涙が溢れて、里加はあわてて、

「ごめん！　お姉ちゃんが悪かった！　ごめんね！」

と謝った。「泣かないで。お願いだから。ね？」

「もう……。本当に……」

と、口を尖《とが》らしながら香子は涙を拭って、「この……寝坊！」

「分ったよ。——今何時？」

「もう九時だよ。早く起きないと、朝ご飯食べられなくなるよ」

「何で、それを早く言わないのよ！」

里加はあわてて、ベッドから飛び出した。

十分足らずで顔を洗い、身仕度して、里加がホテルの食堂へ行くと、父と母がコーヒー
を飲んでいた。

「あら、起きたの？　もう昼まで寝かしとこうかと思ってたのよ」

と、加奈子が言った。

「和食、洋食、どっち？」

と、香子が言った。「一つずつ取ろうよ。両方つまめる」

「いいよ」

と、里加は言った。「よく寝た」

「疲れてたのね。食べたらお風呂へ入って来るといいわ」

「お母さんは？」

「もう食事の前に入って来たわよ」

「何だ、そうか」

里加は、母の顔つきが穏やかなものになっている気がして、ホッとした。父の方はいつもと変りない。

「雪、ずいぶん降ったみたいね。もう晴れてるけど」

加奈子は明るい戸外の方を目を細くして見ると、「まぶしくて歩けないわね、外に出たら」

「雪……。気が付かなかった」

里加はお茶を一口飲んで、もう空き始めている食堂の中を見渡した。

明け方近くに見た、あの恐ろしい夢は鮮明に記憶に残っているが、あのあと、全く夢も見ずに、ぐっすり眠ったことで、胸のモヤモヤしたものはすっきりとおさまっていた。

――あれから、三好淳子と母親の浩枝の二人の行方は分らず、里加も、眠りの中で二人の所へ行くことはできないようだった。

今ごろどうしているのか。――気にはなったが、里加は里加で他にすることもあり、どうすることもできなかった。

あの刑事、朝岡ルリからも連絡はない。

いずれにしても、一年の終りが近付いて、別に何をするわけでもない里加も、それなりに今年のことを――生れてからこの方、こんなにとんでもないことが色々起った一年はなかったわけだが――思い返したりしているのだった。

ともかく、香子と二人で朝食をしっかり取って、

「お風呂に入ろう!」

と、部屋へ戻る。

朝の、ほとんど他に入る人もない大浴場でお湯に浸っているのは、いい気分だった。

「――いい年だったね」

と、香子が言い出した。

「そう?」

「だって、お姉ちゃんは生き返ったし」

「生き返ったのはいいことかもしれないけど、死にかけたのは災難よ」

「あ、そうか。でもさ、いいことに取っといた方がこの一年、いい年だったたって思えるじゃないの」

「あんたも幸せね」

と、里加は笑って言った。

二人して、熱いお湯に顎の辺りまで浸る。

「――香子は、文化祭でソロ、吹いたしね」

「ああ、そうね。あれはきっと忘れないだろうな」

と、香子は湯気で曇った広いガラスの窓を見ながら言った。

白い雪の反射が、ガラスを通してまぶしい。

「それと、香子、もう一つあるでしょ?」

「何?」

「ブラスバンドの畠山先生とキスした」

香子は啞然として、

「お姉ちゃん! ――どうして知ってるの? 覗いてたのね! ひどい!」

「ちょっと! 人聞き悪いでしょ。お風呂じゃ声が響くんだから!」

「見たのね! 白状しろ!」

「たまたまよ。気になって見に行ったら、あんたが自分から先生に抱きついて――」

「ひどいわ、そんなこと」

と、香子はすっかりむくれている。

「誰にも言ってないわよ。ただ――まさかあの先まで進んでないよね？」

と、里加が少し小声で言うと、

「先生にはね、フィアンセがいるの」

と、香子はそっぽを向いて言った。

「何だ。――じゃ、振られたのか」

「付合ってもいないんだから、振られたわけじゃないよ」

それも理屈だ。

「あのね、あのときのキスで、何かこう、一気に発散しちゃって、スーッとしたの。これで当分男はいらないって」

中学二年生の言うことか、これが。

「ま、せいぜい好きにして」

と、里加は言ってやった。

「――お姉ちゃんは？」

「何よ」

「恋人とか、さ」

「ああ……」

「田賀君がいなくなっちゃうもんね」

そうだった。毎日学校で会っていたりすると、つい忘れてしまいそうになる。

田賀徹と妹の唯は、来年の三月で、遠くへ行ってしまうのだ。

「別に恋人ってわけじゃないわ」

と、里加は言った。「あのままいけば、恋人になったかもしれないね。でも、人間、どこでどんな出会いがあるか分らないから」

――正直なところ、死の世界から戻るという体験をしてしまった後では、男の子とデートしてキスぐらいしたところで、胸がときめくとは思えない。

いわば、あのときのショックで、まだいくらか感情がしびれてしまっている、という気配なのだ。

「さ、出ようか」

のぼせてしまいそうだ。

里加と香子は浴衣姿で部屋へと戻って、濡れたタオルを干した。

そのとき、部屋のドアを叩く音がして、

「里加！　いる？」

と、母の緊迫した声がした。

26　覚悟の道

ドアを開ける前に、里加には分っていた。

——やっぱり。

やっぱり、そうだったのか。

「お母さん」

と、ドアを開けて、「何かあったの？」

「里加……。今、二人がお風呂に行ってる間に、電話があったの。朝岡さんって刑事さんから」

と、加奈子は言った。

「それで、何だって？」

加奈子は少し口ごもりながら、

「そんなこと、里加とは関係ないと思うんだけど……。三好淳子ちゃんのお父さんが——亡くなったって」

と言った。「泥棒に撃たれたって。——気の毒だけど、私たちにどうしてあげることもできないしね。何だか、刑事さんは里加に電話してほしいって言ってたけど……」

加奈子は、里加が危ないことに係るのを心配している。淳子の父の死も、迷惑でしかないのだ。

もちろん、母親として、そう思うのも分らないではない。しかし、里加には放っておくことができなかった。

「分った。電話してみるわ」

「でも、里加、忘れないで。あんたはまだ十六なのよ」

「大丈夫よ」

里加は母をなだめて、ともかく朝岡ルリへ連絡を入れた。

「――里加です」

「ごめんなさい、せっかくご家族でゆっくりなさってるのに」

と、朝岡ルリが言った。「お母さんから聞いた?」

「ええ」

「最悪の事態になっちゃったわ」

と、ルリはため息をついた。

「やっぱり、淳子とお母さんが逃げたことと関係あるんでしょうね」

「ただの空巣は普通、銃なんか持っていないわよ」

「それじゃ……」

「何かを捜そうとして忍び込んだんでしょうね。もちろん殺す気はなかったんでしょうけど、たまたま三好さんが目をさましてしまった……」

夢じゃなかったのだ。――里加は胸が痛んだ。

「でもね、あの家へ忍び込んだりするっていうことは、あの母娘が見付からずに逃げのびているってことだと思うわ」

ルリの言葉に、里加はいくらか慰められた。

「でも、きっとどこかでニュースを見ますよね」

「たぶんね。――でも、戻って来るわけにはいかないでしょう。わざわざ見付かりに来るようなものだわ」

里加には、ありそうなことに思えた。

何といっても、三好浩枝にとっては、「自分のせいで夫が殺された」わけで、一人ででも戻ろうとするのではないか。

ふっと、里加の眼に、一人暗い道を歩いて来る人影が見えたような気がした。

「三好浩枝さんが帰って来るんじゃないかと思います」

と、里加が言うと、

「それって……」

「そんな気がするんです」

「分ったわ。こっちも用心するわ」

と、ルリは言った。


いつしか、里加は眠っていた。

普段は昼寝などしないのだが、こんな温泉に来て、することもなくベッドで引っくり返っていると、いくらでも眠れてしまうのである。

「里加……」

誰？　——今、呼んだのは誰？

「私」

私って？

「私。——淳子よ」

淳子。——淳子、どこにいるの？

「ごめんね、心配かけて」

三好淳子は、微笑《ほほえ》んでいた。「私、お母さんと家へ帰ることにしたから」

危なくないの？

「構わないの。お父さんを、私たちのせいで死なせちゃったんだもの」

だけど、淳子――。

「もうお母さんと決心したの。でも、里加にひと言、謝っておきたくて」

何のこと？

「私、里加が好きだった……」

淳子――。

「小さいころは、里加、私とだけ遊んでくれた。いつも私のこと、かばって、やさしくしてくれた……。でも、中学、高校と上っていくにつれて、里加には大勢の友だちができて、そんなに私のこと、構ってくれなくなった。でも、仕方ないのよね。里加って、そりゃあすてきなんだもの」

淳子、寂しかったのね。

「そうね……。私も、もっと進んで友だちを作れば良かった。みんなの中に出て行けば良かったわ。でも、それが私にはできなかった」

分ってるわ、淳子。淳子はそういう子なんだもの。

「もちろん、里加の友情に変りがないことは分ってた。頭では分ってたのに、心の中ではいつか里加を失うんじゃないかって不安だったの。誰かが里加をとって行ってしまうって……」

気が付かなかったわ。ごめんなさい。

「私の方がどうかしてたのよ。そして——私、どうしても里加を他の子のものにさせたくないと思った。いつまでも、私だけの里加にしておきたかった。だから、先生からリレーの練習のことを訊き出して……」

待って！　——淳子、それって、もしかして……。

「私、もう何も怖くないわ。お母さんもきっとそうよ。死ぬことなんか怖くない。むしろ、罪の償《つぐな》いになるの。きっとホッとすると思うわ、犯人に拳銃を向けられたときには——」

淳子！　いけないいわ。死んじゃいけない。淳子だって、お母さんだって、これから、もっともっと長い時間を持ってるのよ。

「死のうとしてるわけじゃないわ。でもね、死ぬのが怖くなくなったの。もうこそこそ逃げたりしないわ。運命に立ち向っていく」

淳子……。

「もしまた生きて会えたら、そのとき……。そのとき……」

淳子！　待って！　行かないで、淳子！

「そのとき……」

そのとき……。淳子の声は遠くへ消えて行った。

「——淳子！」

ハッと起き上って、淳子の名を呼んでいた。

今のは？――今のも夢だったのか。

いや、そうじゃない。淳子の父が射殺されるのを、この目で見たように、たった今、淳子と心で対話をしたのだ。

淳子……。死んじゃいけない！

里加は、ベッドを出ると、急いでフロントへ電話をした。

急げば三十分後の列車に間に合う。

両親の部屋を覗いたが、二人ともいない。香子も、どうやら里加が昼寝しているので、一人で大浴場へ出かけて行ったらしい。

里加は迷わなかった。

メモ用紙に、

〈急な用で一人で先に帰ります。心配しないで。連絡します。里加〉

と書きつけると、テーブルの上に置いた。

バッグに必要な物だけ詰めて、急いでホテルを出る。

駅まで十分ほどの道を小走りに、何とか列車の時間の五分前に駅へ着いた。

吐く息が白い。――底冷えするホームで列車を待っていると、持っていた携帯電話が鳴り出した。

「――お姉ちゃん？」

「香子か」

「どこにいるの？　お母さん、倒れそうだよ！」

「ごめん。でも仕方ないの」

と言うと、向うが母に代って、

「里加！　一体どういうことなの？」

「お母さん、淳子を助けたいの。放っておくわけにいかないのよ」

「助けるって――」

「聞いて。私ね、一度死にかけてから、ふしぎな力が身についたの。それで、淳子の考えてることが分ったから、急いで帰るの」

「里加……」

「大丈夫。心配しないで。私だって無茶はしないわ」

列車がホームへ入って来た。「列車が来たから、それじゃ」

「里加……」

と、加奈子はため息をついて、「分ったわ、好きなようにして。そうしないと気がすまないんでしょ」

「ごめんね」

「何かあったら——いつでも連絡してね」

「うん、ちゃんと連絡するから」

くり返し言って、安心させ（安心したかどうか分らないが）、ともかく里加は列車に乗り込んだ。

席に落ちつくと、渋々ではあるにせよ、母が自分の言葉を信じてくれたことを嬉しいと思った。

「大丈夫」

と、里加は車窓から、枯れ木の林を眺めながら呟いた。「私は決して死なないわ」

そして、淳子も死なせたくない。

——里加を乗せた列車は、里加の気持とは裏腹に、のんびりと山間を進んで行った。


長い時間はかかったが、何とか夜遅い時刻に、里加は家へ帰り着いた。

冷えた室内を、まず暖める。

インタホンのチャイムが鳴って、一瞬淳子かと思った。

「——田賀だけど」

「徹？」

里加は目を丸くして、「どうしたの？」

「入っていいか」

「うん、いいよ。今、帰って来たとこ」

——田賀徹が、上ってコートを脱ぐと、

「お袋さんから電話があったんだ」

「お母さんから？」

「うん。お前が何か物騒なことをしようとしてるから、よろしく頼むって」

「お母さんったら……」

「どうしたんだ？　三好のことか」

「うん。——でもね」

と、里加は言った。「話すと長いの。今はゆっくり説明してる時間がない」

「三好の所、親父さんが殺されたろ？」

と、田賀徹は言った。「あのことと関係あるのか」

「たぶんね」

と言って、ふと思い付いた。「徹。——お願いがあるの」

「何だよ」

「淳子を助けたい。力を貸して」

「いいけど——。何をするんだ？」

「クラスの子や、他のクラスでも仲のいい子に連絡して、淳子の家へ行ってほしいの」

「分った。冬休みだからな。どれくらい集まるか分らないけど」

「それでいいの！　お願いね」

「分った」

徹が、里加の渡した〈学生名簿〉のページをあわただしくめくった。

27 真夜中のパーティ

もうじき、家が見える。

「もう少しで着くわよ」

と、三好浩枝はタクシーの座席で眠っていた娘の淳子を揺り起こした。

「ああ、寝ちゃった」

淳子は目をこすって、「もう着く?」

と、外を見る。

「家は寒いわね、きっと」

と、浩枝は言って、財布を取り出した。「──あ、そこの角で結構です」

タクシーが停り、二人はボストンバッグをさげて車から降り立った。

「お母さん……」

「怖い?」

「怖くはないけど、痛いだろうなと思って。撃たれたことないから、分んないけど」

「お父さんも痛かったでしょうね」

と、浩枝が言うと、淳子は黙って肯いた。

家まで何十メートルかある。前の道が一方通行で狭いので、タクシーはいつも手前で降りることにしていた。

「家に無事に入れるかな」

と、淳子は言った。

「私が先に行くわ。淳子、ここで待っていなさい」

「いやだよ、一人になるの」

と、淳子は母親の腕を取って、「一緒に行こう」

「分ったわ」

浩枝は微笑んで、「寒いわね！　早く家へ入りましょ。風が当らないだけでもいいわ」

でも、淳子は思っていた。

この寒さ、風の冷たささえも、生きていて初めて味わえるのだ。それは生きている証《あかし》でもある。

そう思うと、この身を切るような暮れの北風が少しも辛くない。

自宅の前までやって来て、二人は足を止めた。

玄関の手前に、テープが張られている。

〈立入禁止〉

の文字が、街灯の明りの中に風でチラチラと瞬《またた》く。

「――入っちゃいけないの?」

「私たちの家よ!　入りましょ」

と、浩枝は言って、テープを持ち上げ、くぐった。

ともかく、玄関の鍵をあけ、中へ入るところまでは、無事に来た。

しかし――。

「お母さん」

と、淳子は言った。

中は真暗だったが、暖かかったのだ。

「誰かいるのかもしれないわ」

浩枝は暗がりの中、そっと上り込むと、様子を窺《うかが》った。

「お母さん――」

「離れないで。明りをつけるわ」

居間の明りをつければ、廊下も明るくなる。――浩枝は、手探りで居間の壁のスイッチを見付けた。

カチッとスイッチが押されて、パッと居間に光が溢れると――。

「お帰り、淳子!」

目の前に、里加が立っていた。

そして居間の中には、同じクラスの子、七、八人と、他のクラスの子も何人か集まっていた。

「部屋、あっためて待ってたよ！」

と、里加が言って、淳子に抱きつく。

ワーッと声が上り、拍手が起った。

呆然としている淳子と浩枝の前に、

「今、電子レンジで温めたぞ！」

と、ピザの大きな箱を抱えて、田賀徹が現われた。

「はい、ケンタのチキン！」

「飲物は何がいい？」

淳子が泣き笑いの顔になって、

「どうして、里加――」

「夢、見なかった？」

「うん、見てた。里加の夢」

「その夢に私が入りこんで、ちゃんと帰って来るってこと、聞いてたのよ」

里加はソファを空けて、「――さあ、座って！　お二人の歓迎パーティだから」

「皆さん……、ありがとう」

と、浩枝が涙声で言った。「でも——コートだけ、脱ぐ間、待って下さる?」


「——里加」

と、安井美知子が手招きした。

里加が台所へ行くと、

「電話よ、里加にって」

「私?」

「木谷先生。私の家へ電話したらしい」

「ありがとう。——もしもし、先生?」

里加は美知子の携帯を受け取って言った。

「あら、良かった。お母様からお電話があってね」

どうやら、母は田賀徹だけじゃすまなくて、木谷早苗の所へもかけたらしい。

「今、どこなの?」

「三好淳子の家です」

「三好さんの家? お父様が殺されたところに?」

「ええ。本当は入っちゃいけないのかもしれないけど、だって、住人が戻って来たんですものね」

——里加が事情を説明すると、

「まあ、あなたらしいわ」

と、木谷早苗は笑って、「でも、問題が一つあるわ」

「何ですか？」

「どうして私を呼んでくれなかったの？」

と、木谷早苗は言った。「今からそっちへ行く」

「でも、いいんですか、先生。後で警察の人から叱られるかもしれませんよ」

「生徒が不届きなことをしたら、先生が責任を取るというのは当り前でしょ」

「そうか。じゃ、よろしく」

と、里加は言った。

台所へ、田賀が入って来た。

「どうするんだ、これから？」

「待つの」

と、里加は言った。

「誰を？」

「とりあえず、木谷先生。そして——うまくいけば犯人を」

「犯人が本当に用があるのは、淳子のお母さんなのよ。戻ったと知れば……」

「犯人？」

「ここへ来るっていうのか？」

「でも、これだけ大勢がワイワイやってたら、犯人だって手が出せないわ。夜が明けたら、警察へ出頭してもらうの」

田賀は苦笑して、

「お前も、とんでもないこと、考える奴だな」

「まあね」

と、里加は澄まして言った。

二十分ほどして、里加は、田賀へ、

「ちょっと表、見て来るね」

と、声をかけた。「そろそろ木谷先生、来るはずだから」

——時ならぬ「夜中のパーティ」は、大いににぎやかに盛り上っていた。

ちゃんと、みんな今夜はここへ泊ると言って出て来ているので、遅くなるのは平気なのである。

「俺も行くよ」

と、田賀も立ち上った。

二人が玄関へと出ると、

「里加ちゃん」

浩枝が追って出て来た。「ありがとう。こんなことをしてもらえるなんて……」

「友だちのために、できることをしただけです」

と、里加は言った。「本当は――お父さん、亡くなって、こんなにぎやかなことしちゃいけないかな、って思ったんですけど」

「とんでもない。――淳子は、いつも話してたわ。学校で本当の友だちって、里加ぐらいよって。でも――」

「そんなことないって、よく分ったでしょう?」

と、里加は言った。

「当人も――いえ、当人が一番びっくりしてるんだと思うわ」

と、浩枝は微笑んだ。

「みんな、嫌いじゃなくても、どう声をかけていいか分らないってことがあるんですよ」

と、田賀が言った。「僕も、うちがあんなことになったとき、ずいぶん励まされました」

「本当ね……」

と、浩枝がしみじみと、「大人と違って、学生のころは、損得じゃない。好きか嫌いかだけですものね。大人になっても、いつまでもそうしていられるといいのに」

「ね、明日――というか、朝になったら、警察へ行きましょう」

と、里加は言った。

「ええ、そうするわ」

と、浩枝はしっかり肯いた。

「良かった！」

「今夜来てくれた皆さんのためにもね」

「やり直して下さい。まだ、淳子だってこれから恋も結婚もするんですよ」

「そこまで見届けたいという気持になって来たわ」

と、浩枝は潤んだ目で肯く。「主人へのお詫びにもなると思うし」

「そうですよ」

と、里加も肯く。

そこへ、淳子が、

「お母さん！　ね、ハーブティーって、うちにあったっけ？」

「ええ。まだあったと思うわ」

「飲みたいって子が二、三人いるの」

「待ってて。すぐいれるから」

浩枝が台所へと行ってしまうと、里加と田賀は顔を見合せて微笑んだ。

「——良かったな」

「うん」

里加は、玄関へ下りようとして、田賀の方を振り向いた。

二人の唇が自然に引き合うように触れ合った。

「この先は？」

「だめ」

「だと思った」

里加はいたずらっぽく、

「徹が学校からいなくなるときには、もうちょっと進んでもいいかな」

と言った。

「気をもたせるな、こいつ」

二人は笑った。——みんなの靴で玄関は一杯。自分の靴を見付けるのにもひと苦労だ。

やっと見付けてはくと、

「車の音だ」

「先生かも」

里加は、玄関のドアを開けようとしたとき、突然めまいがしてよろけた。

「おい、どうした！」

と、田賀が支える。

「誰か……」

「え？」

「誰かが見てる……」

視界が歪んだ。

突然、里加の視線は、表に出て、タクシーが停っているのを見ていた。

これは何なの？　――誰の目なの？

タクシーから降りて来る、コートの女性。

コートに見憶えがあった。

木谷先生だ。でも――。

里加の視界に見えているのは、外の誰かの目を通した光景だった。

三好家の玄関が、タクシーの向うに見える。コートの後ろ姿がタクシーを出て、そのとき、目の前を一瞬の火と煙が遮った。

「銃声だ！」

と、田賀が叫んだ。

28　歪んだ絵

撃たれた！

木谷先生が撃たれた！

里加は、何とかよろけながら立ち上ろうとした。しかし、里加の視界は今、木谷早苗を撃った誰かの目につながっていた。

駆けている。――夜道を走って、視界が大きく揺れている。

誰なの？　これは誰？

「先生が撃たれた！」

と、田賀の叫ぶのが聞こえた。

車が見える。――車へ駆け寄った「誰か」は、ドアを開けようとして――。

「里加！　大丈夫？」

と、美知子が呼ぶ声で、ハッと里加は起き上った。

視界が戻った。自分の目で見ている。

「先生は？」

と、立ち上る。「私は大丈夫」

玄関から外へ出ると、田賀が木谷早苗を支えながら、

「救急車を呼んでくれ！」

と叫んだ。

「先生！」

木谷早苗の肩が血で染っている。

「私、一一九番する！」

と、美知子が居間へと駆けて行く。

「――何かあったの？」

と、三好浩枝が出て来て、玄関へ運び込まれる木谷早苗を見ると、

「まあ、木谷先生！」

「出血を止めないと。何かシーツのようなもの、ありませんか」

と、里加は言った。

「すぐ出します！」

と、浩枝は駆け出して行く。

「先生！　――しっかりして！」

と、里加が呼ぶと、木谷早苗は目を開いて、

「あなた……大丈夫だった？」

「私は何とも——。ごめんなさい、先生」

「あなたが謝ることないわ……。撃った人、見た？」

「いいえ。——田賀君は？」

「俺も……。先生が倒れてるのを見てびっくりして……」

「ともかく、今は先生のことよ。痛むでしょ？　すぐ救急車が来ますからね」

淳子がやって来ると、里加は言った。

「——みんなは大丈夫？」

「みんなびっくりしてるだけ。——どうしよう、里加？」

「救急車だけでなく、警察にも来てもらわなきゃ」

浩枝がシーツを抱えて来るのを見て、里加は木谷早苗を任せて立ち上ると、居間へ入った。

「みんな、ごめんね。こんなことに巻き込んじゃって」

「いいわよ、里加。先生をここへ運んだら？」

「そうだ。そうしよう」

と、男の子が手を打って、「何か板みたいなもの、ないか？」

「それなら、そこの長椅子をそのまま運んで、担架代りにすりゃいいよ。それ、軽いだろ」

「OK、みんなで運ぼう」

男の子は少ないが、それでも女の子を加えれば、かなりの人数。

「そっとのせて！　——そっと」

木谷早苗の手足を抱えて、長椅子へのせ、それを明るい居間の中へ運んだ。

「じゃ、シーツを裂いて、傷口をふさぐわ」

と、浩枝が言った。「淳子、ハサミを取ってちょうだい」

里加は、当然警察の人が来て大騒ぎになることは分っていたので、集まってくれた子たちに迷惑がかかっては、と心配して、

「ね、お宅《うち》へ帰った方がいいと思う人は、タクシーを呼ぶわ」

と声をかけたが、

「私たちが何かしたわけじゃない」

「そうよ。先生を見捨てて帰れない」

「あんたがいてもいなくても、同じだと思うけどね」

という言葉に笑いも起る。

「ありがとう……」

と、木谷早苗は小さく肯いて、「でも……新学期のテストは、予定通りやるわよ」

と、付け加えたのだった。

「大丈夫だから、心配しないで」

と、里加は言ったが、言いながら、心配するなって言う方が無理だよね、と思っていた。

やっぱり、電話に出た母は、

「そんなこと言ったたって、心配するに決ってるじゃないの！」

と、怒っている。

「でも、ちゃんと警察の人が見張っててくれるから、淳子たちも安全だし、私の方は狙われてるわけじゃないから」

「本当にもう……」

「ね、だからのんびりして来て」

里加は自宅へ戻って来ていた。

正直なところ、本当に自分が安全だという確信はない。でも、だからといって、今、両親や香子に帰って来られても却ってやりにくくなると思っていたのである。

「分ったわ」

と、母、加奈子が諦めたように、「じゃ、ともかく毎日電話してちょうだい。いい？」

「うん、分った」

と、里加が言ったとき、玄関のチャイムが鳴った。「あ、誰か来た。——切るね」

「気を付けるのよ！」

と、加奈子が念を押す。

「やれやれ……」

と、里加は玄関へ出て行った。「——どなたですか？」

もちろん、里加自身も用心している。ドア越しに声をかけた。

少し間が空いて、

「奥様でいらっしゃいますか？」

その声に、聞き憶えがあった。

ドアを開けると、

「あ、失礼しました。お嬢様ですね。——番場《ばんば》恵美と申します」

父の「彼女」だ。

「あの……父の会社の——」

「はい、そうです」

「どうぞ。——どうぞお入り下さい」

寒い中、外に立たせておくわけにはいかない。

「失礼します」

と、中へ入って、「——お父様はおいでですか」

「ちょっと、家族で旅行に出ているんですけど」

「そうですか」

あまりショックを受けた風ではなかった。むしろ、ホッとしているようにさえ見えたのである。

ともかく居間へ上ってもらい、紅茶をいれる。

「——里加さん、でしたね」

と、番場恵美は言った。

「そうです」

里加も紅茶を飲みながら、向き合っている。

「里加さん。ご存知ですね、私のこと」

「はい。——父の話だとヨーロッパへ行かれるとか」

「そのつもりだったんですけど、一緒に行くはずだった友だちが、急に都合悪くなって」

「そうですか」

「つい——ここへ電話してしまいました。でも、どなたもお出にならなくて」

恵美は、ゆっくりと紅茶を飲みながら、「何だか、そうなると急にやって来たくなったんです」

す」


「どうして？」

「さあ――どうしてかしら」

と、恵美は首を振って、「いなくてもいい、と思ったんです。いえ、むしろ、いたら困ったかもしれない。突然、あなたやお母様の前に現われたら、自分でも困ったと思います」

でも、それならそれでもいい、と思ったのだろう。

むしろ、父との仲に決着をつけざるを得ないところへ自分を追い込もうとしていたのかもしれない、と里加は思った。

その気持は、それなりに里加にも分るような気がした。

「――どうして里加さん一人で戻られたんですか？」

と、恵美が訊く。

「ああ……。別に、あなたのせいじゃありません。急に用事ができて」

と、里加は言った。

「そうですか……」

――二人は、しばらく黙っていた。

「里加さん、どうして私に何も言わないんですか？」

「何も、って？」

「だって──私は、あなたの家庭をめちゃめちゃにしようとしてるんですよ」

「そうしようと思って、しているんですか？」

「いいえ、そうじゃありませんけど」

「それなら、父もあなたも大人なんですから、私は何も言いません」

と、里加は言った。「もちろん、愉快じゃないけど、ここであなたと言い合いしても仕方ないでしょ。父とあなたが、ちゃんと納得して別れるんでなけりゃ」

恵美は、しばし言葉もなく里加を見つめていた。

電話が鳴って、里加は出ると、思わず恵美の方を見た。

父からだったからだ。

「里加。一人でいるんじゃ危い。どこか友だちの所へ泊めてもらいなさい」

「お父さん……。今、一人？」

「ああ。どうしてだ？」

「待って」

恵美の方へ受話器を差し出す。

どうしてそんなことをするのか、自分でも分らなかった。

恵美が頰を赤く染め、

「ありがとう」

と、小声で言った。「――もしもし」

父がびっくりしている様子が想像できる。

里加は居間を出た。

「――ええ、そうなの。――今、里加さんとお話ししてた」

恵美の話し声が居間の中に聞こえている。

里加は廊下へ出て、父と恵美を、「二人きり」にしてやった……。

玄関前に足音がして、里加がドアを開けると、朝岡ルリが立っていた。

「――お客様?」

と、ルリが訊く。

「いいんです。ちょっと外に出ましょう」

と、里加が促した。

「――木谷先生はどうですか?」

と、里加は訊いた。

「大丈夫。傷はそうひどくなかったし、内臓もやられていなかったから」

「良かった!」

里加は安堵した。

「今、三好浩枝さんが、署で事情を話してるわ」

「これで解決するといいけど」

と、里加は言ったのだった。

29　迫　真

朝の寒さが、やっと日射しを受けて緩みつつあった。

「あなたはふしぎな子ね」

と、朝岡ルリが言った。「ゆうべのこと、聞いたわ。突拍子もないことを考えるわね」

「考えてみれば、凄く危いことですよね」

と、里加は言った。「でも、私は一度死にかけて助かった。それって、一種の奇跡だと思うんです。だから、どこかでそのお返しをする必要があるって……」

「すてきなことだわ。誰もが、そう考えてくれるといいけど」

と、ルリは言って、里加の肩に手をかけた。

「――ルリさん。私に何か用だったんじゃないんですか?」

里加は、朝岡ルリが電話でなく、わざわざやって来たことに初めて気付いた。

「ちょっとね。――でも、今でなくてもいいの」

と、ルリが言うと、玄関のドアが開いて、番場恵美が顔を出した。

「里加さん、ごめんなさい。あなたが外へ出てるなんて……」

「いいんです。この方と話があったので」

と、里加は言って、「父の会社の方です」

と、ルリへ説明した。

「どうも」

ルリは会釈すると、「じゃあ……行くわ」

「はい。木谷先生のこと——」

「また連絡入れるわ」

「よろしくお願いします」

と、里加は頭を下げた。

ルリが離れた所に停めた車の方へ足早に去る。里加はそれを見送っていたが、やがて、

「ハクション！」

と派手にクシャミをした。

「まあ、風邪ひくわ、そんな——。早く中へ入って」

恵美に促されて、里加は家に入った。

「——自分の家でもないのに、『入って』って、妙ね」

と、恵美は笑った。

里加も一緒に笑う。——一緒に笑うと、人間はずいぶん話しやすくなる。

「父、何か言ってましたか」

と、里加は訊いた。

「びっくりして……。びっくりすると、黙っちゃう人なんです」

「分るなあ、それ」

と、里加は言った。

突然、自宅を訪ねて来たからといって、怒鳴ったりできる父ではない。

「悪いのは自分だ」

という気持があるから、なおさらだ。

「旅行はやめた、って言ったら、『そうか』『そうか』って、そればっかり」

と、恵美は言って、「私――帰ります」

「でも――」

「飛行機、午後の便がうまく取れれば。キャンセル待ちでも、一人なら何とかなるでしょう」

と言ってから、ふと、「今の女の方は？」

「ルリさんっていって――朝岡ルリさんっていうんですけど、刑事さんなんです」

「警察の方？」

「ええ」

「いえ……。ただ、どうしてあんな離れた所に車を停めてあったんだろうって思って」

恵美は何気なくそう言ったのだろうが、里加も初めてそのことに気付いた。

車で来て、里加の家の前でも、傍へ寄せれば停めておけないわけではない。それを、なぜわざわざあんなに離れた場所に停めておいたのだろう？

――気にするほどのことではないかもしれないが、里加は妙に引っ掛るものを感じていた。

「――それじゃこれで」

と、恵美は里加のいれ直した紅茶を飲み終えると、「色々ありがとう」

と礼を言って立ち上った。

「いいえ」

里加は、恵美から思い詰めた気配が消えているのを感じた。

玄関へ出て、恵美が靴をはくのを見ながら、

「父のどこが良かったんですか」

と訊いてみた。

「そうね……。考え出すとよく分らない。でも、初めからひかれていたわけじゃないのよ。

「どうかしました？」

「そうですか……」

何とも思っていなかったのが、ふっとある日突然――」

「そんなものなんでしょうね、恋って」

と、里加は言った。

「里加さん、恋人は？」

「クラスの男の子が……。でも、春までしかいないんで、今だけのことです」

「じゃあ、まだまだこれからね」

恵美は微笑んで言った。

「道、分ります？」

「タクシーを拾って、どこか駅へ出るわ」

と、恵美は言った。「それじゃ」

タクシー……。

タクシー……。あのとき、タクシーから木谷先生が降りるのを、犯人は見て三好浩枝と間違えた。

そして撃った。そして走って――走って、車へと……。

突然めまいがした。

膝をついて、柱にしがみつく。玄関を出ようとしていた恵美がびっくりして、

「里加さん！　どうしたの？」

「大丈夫です……」

と、自分で言う声が遠くに聞こえる。

里加の意識は一瞬の内にスイッチを切るように途切れた。

そして——里加の目には、あのときの犯人の目を通して見た映像が、まるでビデオの再生のように映し出されていた。

木谷早苗を撃つ。——犯人が走る。——走る。

走って、自分の車へと——。

その瞬間、映像が止った。

これは……。

まさか——。まさか！

「——里加さん！」

と、恵美が呼んでいる。

里加は目を開いた。

「良かった！　どうしたのかと思った」

と、恵美は息をついた。

「ごめんなさい」

里加は起き上って、「——もう大丈夫。大丈夫ですから」

「だけど……」

「もう行って下さい。一人にして」

里加の口調に、ただならぬものを感じたのだろう、恵美は言われるままに、

「それじゃ……。気を付けて」

と言って、出て行った。

里加は、しばらく廊下に座り込んだまま、動けなかった。

心臓が激しく波打つ。

車……。

あの車は、朝岡ルリの車だ。

ルリは、自分の車を見られているかもしれないと思って、わざと離れた所へ停めたのだ。

つまり——木谷早苗を撃ったのは、朝岡ルリだったということである。

「あの人が……」

どういうことになるのだろう？

里加は混乱していた。

しかし、一つ確かなことがある。

三好浩枝の供述で、何人もが逮捕されるとしたら、その中には朝岡ルリのことを知っている人間がいるだろうということだ。

ルリが三好浩枝を殺そうとしたのは、そのせいだろう。しかし、誤って木谷早苗を撃ってしまった。

ということは……。

「——大変だ」

今、浩枝は警察にいる。

そしてルリは、むろん自由に浩枝へ近付ける。

里加は居間へ駆け込むと、受話器を取った。

——迷ったが、朝岡ルリの席の番号へかける。まだ戻っていないだろう。

「——もしもし。——私、笹倉里加といいます」

出たのは男の人だった。

「——三好浩枝さん、そっちにいますか」

「君は……。ああ、笹倉里加君。三好浩枝を守ってくれていた子だね」

「そうです。浩枝さんの娘と幼なじみで」

「そうか。それで何か?」

「朝岡ルリさんはそこにいますか」

「いや……。まだ来ていないようだ」

「朝岡ルリさんが、浩枝さんを殺そうとしています」

「何だって？」

「ゆうべ、誤って木谷早苗先生を撃ったのも朝岡ルリさんです」

と、里加は言った。「お願いです。説明している暇はないんですけど、確かです。浩枝さんを殺させないで！」

しばらく沈黙があって、

「――三好浩枝は？」

と訊いている声がした。

そのとき、里加は再びめまいに襲われ、受話器を取り落とした。

床へうずくまる。

目の前が暗くなったと思うと、どこか薄暗い廊下を歩いていた。

これは？　朝岡ルリの目だろうか？

ドアが見えた。

その前で立ち止る。そして、ドアを開けて中へ入った。

浩枝がお茶を飲んでいた。

小さな部屋に、机と椅子。――今、浩枝は一人だった。

浩枝は顔を上げると、

「あ。――どうも」

と会釈をした。「今、こちらの刑事さんは、トイレだとおっしゃって……」
視点はゆっくりと浩枝の背後へ回っていった。
「――よくテレビとかでこういう部屋を見ましたけど、ずいぶん狭いんですね」
と、浩枝が言った。
浩枝は背中を向けている。
――気が付いて……早く気が付いて！
視界に、ルリの手が見えた。
拳銃を握って、その銃口を浩枝の後頭部へ向ける。
やめて！　やめて！
里加は必死で祈った。
そのときドアが開いて、視点はパッとドアの方へ向いた。
「朝岡！　何してる！」
息を弾ませているのは、里加の電話を取った男性だ。
続いて、二人、三人と刑事が顔を出す。
「――やめろ、朝岡。内偵されていたんだぞ、お前は。むだなことはよせ」
視点が揺らいだ。
ルリの動揺の大きさを感じた。――ルリが退《さ》がって、壁にぶつかる。

「どいて！」

刑事の一人が浩枝を立たせ、自分の後ろへ隠した。

「——朝岡。銃を渡せ」

と、進み出てくる男。

ルリの手が上った。

里加は、正面からこっちへ向けられた銃口を見た。

そして次の瞬間、視界は真赤な色に包まれたのだった。

30　失ったもの

「君は……」

と、戸惑ったように自分を見る男の顔が、里加には分った。

「笹倉里加です」

ああ、と男は肯いて、

「さっきの電話は――ありがたかったよ」

と、口ごもった。

「浩枝さん、無事ですか」

無事と分っていたが、そう言っては向うがいぶかしがるだろう。

「大丈夫だ」

と、男は肯いた。「わざわざ来てくれて悪いが……。今、ちょっと取りこんでいて」

「分ります」

警察の中は、どこか騒然として、それでいて重苦しい空気に包まれていた。

里加の目を見て、

「君は——どうして分った」

と、男は言った。

「朝岡さんのことですか」

「うん」

「死んだんですね」

男は息をついて、

「かけてくれ」

と言った。「僕は、朝岡の上司だった、長谷川だ」

「私、浩枝さんにだけ会えればいいんです」

と、里加は言った。

長谷川は四十前後だろう。大分髪が薄くなっていた。

少し考え込んでいたが、

「隠しても仕方ないな。君は分ってるんだろう」

「朝岡さんが自殺したことですか」

「うん」

「理由までは知りません。ただ、朝岡さんは浩枝さんを撃つつもりで、木谷先生を撃ったんです」

「そうか。――それで分った」

と肯くと、「おいで」

と促した。

廊下を行くと、テープが張られ、警官が立っている。

「署内でこのざまだ」

と、長谷川は苦笑した。「いいんだ」

警官へ肯いて見せると、テープを高く持ち上げ、里加を通した。

――そのドアは細く開いていた。

「ここだよ」

長谷川がドアを押す。「もう死体は片付けてある」

正面の壁に、血が飛び散っていた。

里加は、そうなるしかなかったのだと分っていても、胸が痛んだ。

「朝岡さん、どうして……」

「うん。若くて、野心がありすぎたんだ」

長谷川は苦い口調で言った。「麻薬の密売ルートを探ろうとして、その連中に近付いた。初めは向うが心を許すように、と思っていたんだろう。わざと裏で取引きしたり、捜査の情報を流してやったりして、信用させた」

「でも、それを長谷川さんは——」

「知っていればさせなかった」

と、眉をひそめて、「目的のために手段を選ばない、というのは一見正しいようだが、知らない内に目的が見失われてしまうものなんだ」

「じゃ、その内に——」

「朝岡にとっては、男との出会いが、方向を狂わせたんだ」

「男……」

「組織の男の一人と恋に落ちた。——当人も悩んだようだが、それでも何とか自分の目的を見失うまいとしていたらしい。しかし、その男が逮捕されたとき、アリバイ工作をして釈放させた。それが、朝岡を泥沼の中へ引きずり込んだ……」

一旦堕《お》ちれば、後は早いだろう。そして、二度と這《は》い上《あが》ることはできない。

「そのとき、我々も不審に思って、朝岡の周辺を探り始めたんだ。しかし、あそこまでやるとは思わなかった」

長谷川は、壁の血痕を辛そうに見て、「しかし、君が知らせてくれなかったら、朝岡はもっと取り返しのつかないことをするところだった。それだけでも防げて良かったよ。

——ありがとう」

「いいえ」

長谷川は、なぜ朝岡ルリが浩枝を殺そうとしていると分ったのか、里加に訊かなかった。

里加が何かふしぎな力を持っているのを察しているようだ。

「浩枝さんに会えますか」

「うん、一緒に来てくれ」

その部屋を出ると、ホッとした。――何か暗く重い空気が、あの部屋を満たしていた。

長谷川に案内されて、別のフロアへ上って行く。

長谷川は、刑事が二人、厳重に見張っているドアをノックして、開けた。

「――里加」

淳子が来て、母親と一緒にいたのだった。

「淳子！」

「お母さんが……」

と、涙ぐむ。

「助かったのに、泣くことないでしょ」

と、浩枝が淳子の肩を抱いた。

「この子に礼を言ってくれ」

と、長谷川が言った。「この子が知らせてくれなかったら、あんたは殺されてた」

「まあ……」

浩枝は里加の手を取って、「何度も助けてくれてありがとう」

と、深々と頭を下げたのだった……。

「どうも」

パトカーで、家の前まで送ってもらい、里加は降りて礼を言った。

家へ入ろうとして——鍵が開いているのに気付いた。

ドアを開けると、

「お帰り」

香子が立っていた。

「——どうしたの？」

「どうしたの、じゃないよ」

と、香子は腕組みして、「のんびり温泉につかってる気分じゃないもの」

「みんなで帰って来たの？」

そこへ、加奈子も出て来て、

「何ともなかった？」

と訊いた。

「うん。——ごめんね」

「それで、どうなったの？」

「待って」

里加はコートを脱いだ。

居間へ入ると、里加は一部始終を説明した。

「じゃ、危いところだったんだね」

と、香子が言った。

「うん。でも、何とか間に合った」

加奈子がため息をついて、

「里加の気持は分るけど——。もう、危いことはやめて」

と、里加の肩をつかんで言った。

「もう、こんなこと、ないと思うよ」

と、里加は言った。「——お父さんは？」

「出かけた」

と、香子が言った。「私も、友だちに電話して、出かけてもいい？」

「もう夕方よ」

と、加奈子が渋い顔をしたが、「——じゃ、何か食べてくるのなら、そう言ってから出かけてよ」

と言った。

結局、香子はさっさと出かけて行き、加奈子と里加が残った。

「――ごめんね」

と、里加は言った。「せっかく温泉でのんびりしてたのに」

「温泉は、また行けるけど、お友だちの命は一つしかないわ」

と、加奈子は言った。「夕ご飯は二人ね。お寿司でも食べに行く?」

「いいね!」

と、里加は明るく言った。

――一度、自分の部屋へ戻る。

留守番電話にメッセージが残っていた。点滅するボタンを押すと、

「――里加さん」

思いがけない声だった。

「ルリさん……」

「朝岡ルリよ。――これを、吹き込んでおくのは、もう話す機会がないかもしれないと思うから」

里加は椅子に腰をおろした。

「あなたは、私なんてとても及ばない、ふしぎな力を持ってる。私は……この力を、役に

立てることができなかったわ」

と、ルリは言った。「あなたは私の意識へ入り込んで、誰が木谷先生を撃ったか、いずれ気付くでしょう。私も覚悟はしていた」

いつ、これを吹き込んだのだろう？

里加はじっと耳を傾けた。

「もう、私の手には負えないところまで来てしまったわ」

と、ルリは息をついて、「――私は、好きだった男のために……。ろくでもない男だったけど、それでも愛していたわ。とことん悪い道へと行ってしまった……。もうこの上は自分で自分のけりをつけるしかない。――里加さん。元気でね」

里加は、思わず返事をしそうだった。

「あなたのような力を持っていると、人はつい誘惑に負けて、いけない使い方をしてしまうことがある。――あなたも、もしそんな誘惑にかられることがあったら、私のことを思い出して。それじゃ……」

メッセージはそこで終っていた。

吹き込んだ時間を聞くと、ルリが浩枝を殺そうとする直前にいれたらしいと分る。

もし、これを吹き込んでいなかったら、浩枝を殺すのを止められなかったかもしれない。

いや、そうじゃない。――ルリは、きっと浩枝を撃たなかっただろう。

たぶん、初めから自分に向けて引金を引く気でいたのだ。

「――里加、どうしたの？」

母の声がした。

「今行く！」

と答えて、里加は電話へ手をのばすと、ボタンを押して、ルリのメッセージを消してしまった。

取っておく必要はなかった。

ルリの言葉は、里加へ直接向けられていたのだ。一度聞いた。それでいい。

里加は救われた気分だった。

二階から急いで下りると、

「何してたの？」

加奈子が玄関で待っている。

「うん、ちょっと――留守電、聞いてた」

と、コートをはおる。

「お友だちから？」

「うん」

と、里加は肯いた。「友だちからだよ」

——二人は家を出た。

もうすっかり暗くなっている。

「冷えるね」

「でも、山の中にいたから、楽よ」

「そうか」

里加は空を見上げた。

年末、もう会社も休みになっているところがほとんどだろう。

車が少ないせいか、空が少し澄んで見える。

「——里加」

「うん？」

「田賀君とは会わなくていいの？」

「まだ時間があるよ」

「そうだけど……」

母の心配が、里加にも少し分る気がした。

31 約束

「あら」

顔なじみの看護師が、里加を見て足を止めた。「お正月から、ご苦労様」

「明けましておめでとうございます」

と、里加は挨拶して、「木谷先生、変りありませんか?」

「そうそう、ちょうど今大変なの。行ってあげて」

「え?」

一瞬、里加は木谷早苗の容態が悪化したのかと思って、青くなった。

――病室のドアを開ける前から、けたたましい(としか言いようのない)泣き声が聞こえて来た。

「あ、ちょうど良かった!」

ベッドの早苗が里加の顔を見て、「三好さんを連れ出して! 泣き止ませてちょうだい」

病室の床に座り込んで、声を上げて泣いていたのは、三好浩枝だった。

淳子が傍に膝をついて、途方に暮れた表情をしている。

「三好さん！　外へ出ましょう。ね？」

何だかわけが分らないままに、里加は浩枝を助け起こすようにして、淳子と二人で病室の外へ連れ出した。

「――ここへかけて」

と、里加は浩枝をソファへ座らせると、「一体どうしたの？」

と、淳子に訊いた。

「私も泣きたかったんだけど、お母さんが先に凄い勢いで泣き出しちゃって……」

「何があったの？」

「ちょうどお医者さんが回診に来ていて……。木谷先生の左手が、もうずっと使えなくなるかもしれないって……」

里加にもそれは初耳だった。

「元はといえば、お母さんと間違って撃たれたわけでしょ。それを聞いて、お母さんが、『申しわけありません！』って床に手をついて……」

「もし先生の左手が一生使えなくなったら……」

と、浩枝はクシャクシャのハンカチで涙を拭って、「私も左手を切り落としてもらうわ」

「馬鹿言わないでよ」

と、淳子がうんざりした顔で言った。

「まだそうと決ったわけじゃないんでしょ」

と、里加は言った。「ともかく、ここで少し気持を落ちつかせて」

何とかなだめて、木谷早苗の病室へ戻ると、

「里加ちゃん！　もう一人、何とかして！」

と、早苗が右手を振って言った。

ベッドの傍で、声を殺して泣いていたのは、田賀徹だった……。


「本当に、もう……」

と、早苗がグチった。「泣きたいのはこっちよ。それなのに、みんながピーピー泣くんだもの。泣けないじゃないの」

「すみません」

徹が頭をかいている。

「でも、先生――」

「あなたまで泣かないでね。――確かに、神経がやられていて、動くようにするのは大変らしいけど、手術とリハビリで、回復する可能性もあるの。悲観ばかりしてても仕方ないわ。ましてや、犯人でもない三好さんに謝られて泣かれても、こっちが困っちゃう」

「きっと良くなりますよ」

「そうよね。少しはいいこともなきゃ、神様を恨んじゃうわ」

と言って、早苗は笑った。「ともかく、先生にとってはね、生徒が無事でいてくれるのが何より」

「はい」

里加は早苗の手を握った。そして、

「田賀君。ちょっと外しててくれる？」

と言った。

徹が出て行くと、里加は、早苗に朝岡ルリのことを話して聞かせた。里加あてに吹き込まれた、留守電のメッセージのことだけは黙っていたが。

「怖いわね。一歩踏み誤っただけで、そんなところまで行ってしまう」

「ええ。――でも、最後は自分の手で罪を償おうとしました」

「生きていて、償ってほしかったわね」

と、早苗は言った。「――田賀君と待ち合せしたんじゃないの？」

「え？　どうして分ったんですか？」

と、里加は赤くなった。

「先生を何だと思ってるの？」

と、早苗は言った。「生徒の考えてることくらい、超能力がなくても分りますよ。――

特に、もてない先生ならね」

わざとすねたような言い方をする早苗に、里加は思わず笑ってしまった。

「笑ったわね。——田賀君は私のために泣いてくれたのに、里加ちゃんは笑う。人間、色々ね」

「その元気ですよ、先生」

と、里加は言った。「ちょっと田賀君と話して来ます」

「はいはい。ごゆっくり」

と、早苗は右手で里加を追い払うような仕草をして見せた……。

待合室は静かだった。

「病院も休むんだな」

と、徹が言った。「ふしぎな気がする。病気は休んじゃくれないだろ、人の都合に合わせて」

「それはそうね」

人気のない待合室は、寒かった。

里加は徹にぴったりとくっついて、じっとしていた。

「——先生と何話してたんだ？」

と、徹が訊いた。

「内緒」

「いいじゃないか、話してくれたって」

「だめなの。いくら好きな人にでも、言えないこともある」

「好きな人、か……」

徹は少しまぶしいように目を細くして、「もう年が変って……。学校もあと少しだな」

「そしたら、徹は行っちゃうんだね」

「お前はすぐ俺のことなんか忘れて、新しいボーイフレンド、作るんだろ、どうせ」

里加はちょっと笑って、

「どうして、今日はみんないじけてるのかな！」

「本当のこと、言ってるだけさ」

「でも――徹だって、行った先で凄く可愛い子に出会うかもしれないよ」

「そうか。そこまで考えなかった」

「少し希望が湧いて来た？」

「断然な」

二人は笑って――唇を合せた。

「里加……」

「私から言わせて」

里加は人さし指を徹の唇に当てた。「私は徹が好きだよ。今、十六歳で、まだ男は未経験」

「そうだろうな。その色気のなさじゃ」

「黙って聞け！」

「はいはい」

「私――最初の相手は徹と決めてたの」

「何だって？」

徹は呆然として、「もう一回言ってくれ！」

「聞こえたくせに！」

「聞こえたけど……本当か？」

「ね、私たちはまだ子供で、徹と唯ちゃんが遠くへ行っちゃうのを、止めることはできないけど、二人で思い出を作ることはできるよね」

「里加――」

「今月の最後の日曜日、空けといて」

と、里加は頬を赤らめながら言った。「どこがいいかな。徹の所じゃだめだよ。唯ちゃんが気が付く」

「追い出すよ」

「だめだめ。——私がどこかいい場所を捜すわ」

「だけど……いいのか」

「これだけ言わせといて、そんなこと訊かないで」

と、里加は指先で徹の鼻の頭を弾いてやった。

「いてっ！」

徹のしかめっつらが面白くて、里加は笑ってしまった。

そして、二人は少しの間黙っていたが、

「——思い出だよ」

「うん」

「一度きり。それで、もう何も言わない。約束ね」

と、里加は言った。

「分った」

二人は指を絡めた。徹が、

「だけど——」

「なに？」

「俺がもっと大人になって——またお前に会うかもしれないだろう。そのとき、またお前に恋してもいいよな」

徹の言葉に、里加は胸が熱くなった。

「そうなったら……すてきだね。でも、きっと、私も変ってる。徹も変ってるよ。会っても分らないかもしれない」

「変るもんか！」

徹の腕が、固く里加を抱きしめた。

里加はじっと目を閉じて、徹の腕の中で息づいていた。

「お前の超能力で、毎晩俺に会いに来いよ」

と、徹が言った。「物騒なことばっかりに使うんじゃなくてさ」

「好きで使ってるんじゃないよ」

と、里加は言い返した。「徹……」

ふと、人の気配を感じて、里加は振り向いた。

「──どうした？」

「誰かいる」

「誰もいないぜ」

里加は立ち上って、明りの消えた、薄暗い廊下の方へ進んで行った。

そのとき、足音がした。

駆けて行く足音。――それはたちまち聞こえなくなってしまった。

「聞いたでしょ？」

「足音がしたな。でも、それがどうかしたのか？」

「何か……感じた」

「感じたって、どういうことだ？」

「分らないけど……」

里加は言わなかったが、誰かから投げつけられてくる憎しみのような感情を感じたのだ。

「――さあ、私、もう帰らないと」

と、里加は言った。

「一緒に帰ろうか」

「今日は別々に。――あんなこと言った後で一緒に歩くの、恥ずかしい」

「分った」

――二人とも、何か心にのっていたおもしが取れたようだった。

里加は、木谷早苗の病室に寄って、声をかけてから、徹より一足早く病院を出た。

三好淳子と浩枝は、もう先に帰ったようで、見当らなかった。

帰り道、考えれば考えるだけ、あんなことを言って、大丈夫かしら、と心配になった。

徹に抱かれることにためらいはないが、本当にそれが「思い出」で終るのか。

ズルズルと引きずられてしまわないか。

――それは里加にとっても未知の世界だった。

でも、もう決めたことなのだ。

里加は、寒い風の中、胸を張って歩いて行った。

32　永　遠

「お母さん」

と、里加は言った。「この週末、外に泊って来ていいかなあ」

「外に、って……どこに泊るの？」

加奈子は台所で夕ご飯の仕度をしていた。

里加の言葉はちゃんと聞いていたが、振り向きもしなかったのは、ちょうど白身魚のソテーが、こげめをつける微妙な場面に来ていたからだ。

「誰かお友だちの所？」

と、ガスの火を絞りながら訊く。

「違う。――どこにするか、決めてないけど」

加奈子は初めて振り返って、

「どういうこと？」

「私――田賀君と一晩泊りたい」

と、里加は言った。「どうしても、彼が行っちゃう前に、一回だけ。いけない？」

加奈子もさすがにびっくりした。

「だって、里加……」

と言ったものの、その先、どう続けていいか分らない。

「隠したり、嘘ついたりしたくないの。私、田賀君のこと、好きだから」

「分ってるけど……」

どうせなら、隠しておいてほしかった、と加奈子は思った。こんなことの許可を、十六の娘に与えられるだろうか。

「一度だけなの。そう約束したの。——お母さん、お願い」

加奈子は、思い起こした。去年が、里加にとって、どんな一年だったか。一度は死を宣告されて、「帰って来た」のだ。

それを思えば……。生きていてくれるだけでありがたい。

親というのは勝手なものだ。我が子が死にかけているときは、「生きていてくれれば、ぐれようが、遊び回ろうが構わない」と思うのだが、いざ元気になると、「いい子」でいてほしくなる。

でも——里加は自分のしようとしていることをよく分っている。そしてその責任から逃げようともしていない。

加奈子は、ちょっと肯いて、

「分ったわ。泊ってらっしゃい」

「ありがとう！」

「ちょっと！　――危いでしょ、抱きついたりして」

と、加奈子は笑って、「あ！　お魚、こげすぎちゃった！」

急いでガスの火を消すと、

「一番こげたの、里加が食べるのよ」

「分った」

里加が足どりも軽く台所を出て行こうとすると、加奈子は、

「あのね、お金がないからって、不衛生な所に泊らないで。ちゃんとしたホテルに泊りなさい。お金、出してあげるから」

と言った。

「やった！　食事代もね」

里加は、飛びはねるようにして、自分の部屋へと戻って行った。

「――徹？」

と、里加は言った。「どこなの？」

ホテルの部屋へ戻った里加は、バスルームから、シャワーの音が聞こえているのに気付

いた。

「呆れた。——まだシャワー浴びてるの？　ふやけちゃうぞ」

里加は歩いて行って、バスルームのドアを開けた。

徹が、バスタブの中に、血に染まって倒れていた。

「徹！　どうしたの！」

駆け寄った里加が、必死で徹を揺さぶった。でも、徹は目を開かない。

「徹！　死なないで！　——徹！」

と、里加が泣き叫ぶ。その上に、シャワーのお湯が雨のように降り注いでいた。

「——徹！」

里加は、ハッと起き上って叫んでいた。

夢？　——夢か。

いつの間にか眠ってしまったらしい。

里加は、周囲を見回した。ここは……そう、ホテルの部屋だ。

母が都心の一流ホテルに部屋を取ってくれた。

里加と徹は、チェックインの後、ホテルの中のレストランで食事をし、部屋へ入った。

そして徹は先にシャワーを浴びると言って……。

バスルームからシャワーの音が聞こえている。里加は不安になって、そのドアを叩くと、

「徹？　――大丈夫？」

と、声をかけてみた。

シャワーの音が止り、

「呼んだか？」

徹の声だ。――里加はホッとした。

いやな夢だった。もう、夢なんか見たくもない。

電話が鳴って、出てみると、

「フロントでございます」

「はあ」

「笹倉様ですね。今、妹さんがお見えになって、ロビーでお待ちになっておられます」

「妹が？」

里加は当惑した。香子は今夜のことを知らないはずだが。どうしたのだろう。

「すぐ参ります」

里加はバスルームのドア越しに声をかけておいてから、部屋を出た。エレベーターでロビーへ下り、香子の姿を捜したが見当らない。

フロントへ行って訊くと、

「今までおられたんですけど――」

と、フロントの女性も当惑げで、「ルームナンバーを聞いておられたんで、もしかするとお部屋の方にでも……」

里加の顔から血の気がひいた。

夢中でエレベーターへと駆けて行く。——部屋へ戻るまでが、とんでもなく長く感じられた。

鍵を開け、ドアを開けようとした里加は、チェーンがかかっているのを知って息をのんだ。細く開けた隙間から、

「ここを開けて！」

と叫ぶ。「誰なの？　答えて！」

隙間から人影が動くのを見た里加は、

「何をしてるの？　——誰なの？」

と、必死で問いかけた。

「——里加」

と、返事があった。「ごめんね。私、徹が好きだった。遠くへ行かせたくない」

それは、もう長く耳になじんだ声だった。

「——美知子」

かすれた声で、里加は言った。

「里加と徹が好き合ってるのは、我慢できた。私より、里加の方がずっと可愛いもの」

「美知子、どうしてそんな……」

「恋人でなくても、徹がそばにいてくれたら、それで満足だったわ。でも、徹は行ってしまう。——そんなのひどいわ！」

「徹！　——徹、返事をして！」

「里加が徹と結ばれるなんて……。ごめんね、里加。邪魔しちゃった」

美知子の声が近づいて来た。——ドアが一旦閉じられ、チェーンが外れた。

ドアを開けると、美知子が少し退がって立っていた。——右手にカミソリを持っていて、手は血だらけだった。

「徹はバスルームよ」

と、美知子は言った。

里加はバスルームへと駆け込んだ。

夢の通りだ！　——徹！

「しっかりして！」

抱き起こすと、徹が呻《うめ》いた。「徹！　すぐ救急車頼むから」

「いいから美知子を——」

と、徹は言った。「薬をのむ気だ」

里加はハッとして、立ち上ると、バスルームから出た。

カーペットの上に美知子が倒れている。

「美知子！」

里加は駆け寄った。

「荷物、持ってあげるよ」

と、里加は言った。

「大丈夫だよ、もう」

と、徹が首を振って言ったが、里加は聞かずに、スーツケースを両手で持ち上げて、新幹線の車両へと運び込んだ。

「棚に上げると、下ろすのが大変だから、下に置いといた方がいいよ」

ガラガラとキャスターのついたスーツケースを押して客室へ入ると、唯が先に席を見付けて、

「お兄ちゃん、ここ！」

と、手を振っている。

「――お弁当、買ってくる」

と、唯が言った。「何でもいいね？」

「お前の好きなのにしろ」

唯が行ってしまうと、里加は徹の隣の席に座って、

「あと五分くらいだ」

「――もう、行っていいぞ」

里加は徹の手を握った。徹の傷は浅く、もうあまり痛みもない。

美知子は、薬を吐き出させるのに成功したものの、いくらかはのんでしまっており、命は取り止めたが、意識のない状態が続いていた。

「――美知子の様子、教えてくれ」

と、徹が言った。

「うん。――私、特別な力を持ってるなんて、うぬぼれてたけど、親友の気持も分らなかった」

里加はそっと首を振って言った。

「人の心くらい分らないもの、ないよ。仕方ないさ」

「徹の心の中は分ってる」

「何だよ」

「もうちょっとだったのに、惜しかった」

徹は笑って、

「お前もそう思ってる?」

「うん。でも、無理をしないって決めたの。本当に望んでれば、いつか実現するよ」

「そうだな」

——二人はチラッと左右に目をやってから、素早く唇を触れ合った。

里加は立ち上って、

「じゃあ……ホームに出てる」

「うん」

「元気でね」

「うん」

それ以上は言えない。——言ったら泣いてしまいそうだった。

唯が戻って来た。お弁当を入れた袋をさげている。

「じゃ、唯ちゃん。お兄ちゃんを頼んだわよ」

と、里加は唯の肩を叩いた。

「うん。他の女の子は近付けない」

「ありがとう」

と、里加は笑った。

ホームへ下りて、里加は徹と唯の座席の見える窓の前に立った。

窓は開かない。徹が何か言っているが、聞こえなかった。

こんなときに、どうして特別な力が働かないの？　情ない奴！

ベルが鳴り、扉がスルスルと閉じた。

すると――徹と唯が立ち上って、いやに固苦しく並んで、窓の方を向いて立った。

そして、二人で里加に向って深々と頭を下げたのである。

生きていて良かった。

その思い、命を救ってくれた里加への感謝を、そうやって表わしたのだろう。

その瞬間、里加は自分が死の淵から帰って来たことの幸せを思った。

私は生きのびたんじゃない。生かされたんだ。

この二つの命を救うために？　――そうかもしれない。もっと他の何かのためにかもしれない。それは私の決めることじゃない。

里加はホームから動かずに、遠ざかる列車を見送った。

早春の風が爽やかに里加の頬を撫でて行った。

解説

山前　譲

笹倉里加《ささくらりか》は十六歳の高校一年生である。体育祭を前にした日曜日、担任の木谷早苗《きたにさなえ》先生やクラス対抗リレーに選ばれた五人と一緒に、奥多摩の川沿いの道にトレーニングに出かけた。お昼のお弁当を食べたあと、近くをぶらついていたその里加が急流に落ちてしまう。二時間後に発見されたときには意識がなかった。

そして体育祭の当日、里加は病院で息を引き取る……となってしまっては、この物語はすぐに終わってしまう。意識のない里加は不思議な体験をしていた。一面に広がる花園を抜け出ると川があった。

これが「三途《さんず》の川」かと思っていると、向こう岸に去年亡くなったおばあちゃんがいるではないか。おばあちゃんは「帰るんだよ！」と言う。そして里加は生き返ったのである。医者もびっくりする奇跡の生還だった。

これはいわゆる臨死体験である。古くから、そして世界各地で、これまでさまざまな例が記録されてきた。死と闘っているさなか、なにか不思議な反応が脳細胞のなかで起こっているのだろうか。

それを解明できる日が果たしていつの日か来るのかどうかは分からないが、まさに里加のような体験をしたという身近な人間を知っているだけに、あり得ないことだと完全に否定することもできないのである。そして、死の一歩手前から現世に戻ってきた里加には、不思議な力が備わっていた……。

「婦人公論」に連載されたのち（一九九九・三・二十二～二〇〇〇・七・二十二）、二〇〇〇年十月に中央公論新社から刊行されたこの『迷子の眠り姫』には、さまざまな赤川作品における重要なキーワードがちりばめられている。まずは、十六、七歳のいわゆるハイティーンの〈少女〉を主人公にした物語であることだ。

赤川次郎氏の最初の著書は高校生を主人公にした『死者の学園祭』（一九七七）である。だが振り返ってみると、若者向けのジュブナイル（今ではライトノベルとしなければ通じないかもしれないが）を別にすると、初期の作品に十代の少女を主人公にした作品は少ないのだ。

女子高生が機関銃をぶっ放す『セーラー服と機関銃』が、日本のミステリー界に衝撃を与えたのは一九七八年末のことだったが、それがあまりにも強烈だったのかもしれない。まだその頃は、サラリーマンや主婦といった大人を主人公にした物語が赤川作品では主流だったのである。

その流れが変わったのは、一九八三年に刊行され、映画もヒットした『愛情物語』以降と言えるだろうか。『早春物語』、『冒険入りタイムカプセル』、『ロマンティック』、『まっしろな窓』、『女学生』、『殺し屋志願』、『本日もセンチメンタル』、『アンバランスな放課後』、『黒鍵は恋してる』、『悲歌《エレジー》』、『乙女の祈り』、『くちづけ』、『非武装地帯』、『涙のような雨が降る』、『ひとり夢見る』、『ゴールド・マイク』といった十代の少女をメインにした長編が、この『迷子の眠り姫』の前に次々と刊行されている。

その〈少女〉に重なっていくキーワードが〈学園〉である。そこはもちろん学びの場だ。しかし〈学園〉は生徒だけが関わっているわけではない。社会の縮図でもあるのだ。社会に蔓延《まんえん》している危機も迫ってくるのだ。

まだ人生経験も足りない生徒たちは、大人と子供の狭間で身も心も揺れ動く。だから〈学園〉は人生の学びの場ともなっていく。里加の同級生も、自身のそして家族のさまざまなトラブルに直面していた。そこから逃れることができるのだろうかとあがいていた。それは生徒たちだけではない。教師も……。

『三毛猫ホームズの推理』や三姉妹探偵団のようなシリーズもの、あるいは『沈める鐘の殺人』や『眠りを殺した少女』といったホラータッチと、赤川作品には〈学園〉を舞台にしたものはたくさんあるが、この『迷子の眠り姫』はかなりシリアスな展開だと言えるだろう。

次のキーワードは〈ミステリー〉である。何を今さらと言われそうだが、ミステリーは不思議なことであり、それが合理的に解かれていけばいわゆる推理小説と言われるような物語になるが、それが不思議なままで展開していくときもある。じつは里加は何者かに川に突き落とされたのである。いったい誰が？　なぜ？　その解決の道筋の一方で、彼女が得た不思議な力も興味をそそっていく。ここで〈ミステリー〉はふたつの方向に延ばされていくのだ。

意識を取り戻した里加は、ずいぶん離れたところの会話が聞き取れたり、眠りとともに宙を飛んで知り合いのところに行けたりするようになった。もちろん誰にも知られずに、である。だが、それはけっして好ましい能力ではなかった。里加は知りたくもない秘密を見聞きしてしまい、小さな胸を痛めるのである。

死んだはずの姉の声が聞こえてくる『ふたり』、姉の死が時を隔てて高校生の主人公の心に迫っていく『怪談人恋坂』、あるいは死の予感を感じてしまうふたりの高校生が並行して描かれる『死と乙女』のように、常識では説明できない現象に直面した、繊細かつ多感な少女たちが赤川作品のそこかしこに登場している。それはまさに〈ミステリー〉だと言える。

やがて里加はその不思議な力をコントロールできるようになった。本当ならまったく関係のないことも知ってしまうのは怖いことである。けれど里加は、自分の得た力を大切な人たちを救うのに使いたいと思うのだ。その思いは『若草色のポシェット』に登場した杉原爽香《さやか》に共通する。爽香も身の回りにトラブルがあると、見逃すことができないからだ。里加は積極的に力を使いはじめる。

爽香の物語は一年一年、暦《こよみ》通りにすすんでいくユニークなシリーズだが、そのシリーズと『迷子の眠り姫』とが強く共振するキーワードは〈家族〉である。里加には中学二年生の妹、香子がいる。母の加奈子は四十二歳だ。父の勇一は札幌に単身赴任している。けっして里加が川に落ちたせいではないのだが、その四人家族に亀裂が入りはじめるのだ。その家族の危機は、爽香のシリーズでも描かれていたが、赤川作品のなかでも読者の多い『ふたり』と、とくに共通するところがある。

初期の赤川作品では利害関係が絡んだ家族が描かれることが多かったが、『夜に迷って』とその続編『夜の終りに』のように、しだいに家族間の感情のすれ違いが描かれるようになった。『迷子の眠り姫』でも、さりげない日常のなかで微妙なバランスで保たれていた家族の絆が、次第にほころびていく。それは笹倉家だけではない。〈家族〉の崩壊と再生への道筋がこの長編の大きなテーマなのだ。

そして最後のキーワードは〈恋心〉である。里加は同級生の田賀徹《たがとおる》が好きだった。だから彼の一家が窮地に陥ったときには、自分に備わった力でなんとか解決したいという思いに強く駆られる。一方、妹の香子はなんと所属するブラバンの顧問の先生に！

そんな微笑ましい恋心ばかりではない、木谷先生は妻子ある男性と深い仲になり、里加の両親もそれぞれに……。大人の愛、夫婦の愛、道を外れた愛――里加の不思議な力は、彼女自身の思いとは関係なく、密かに育まれていた許されない恋心を暴いていく。だが、それをどうすることもできず、里加は苦しむのだった。

こうしたさまざまなキーワードが交錯しながら、『迷子の眠り姫』は事件を重ねていく。殺人もある。麻薬の密売もある。家族の崩壊もある。そして密やかに迫っていた悪意……。とても十六歳の女子高生に耐えられるようなことではない。だが里加は与えられた力を無駄にはしたくなかった。赤川作品ならではの強い意思を持った少女がここにいる。超自然的な力にだけ頼っているわけではない。どんなに強い、どんなに寒い向かい風が吹こうとも、里加は胸を張って前へ歩んでいくのだ。

（やままえ・ゆずる　推理小説研究家）

本書は、次の作品を改版したものです。
『迷子の眠り姫』　ノベルス版　二〇〇二年八月刊（C★NOVELS）
文庫版　二〇〇四年二月刊　中公文庫

中公文庫

迷子《まいご》の眠《ねむ》り姫《ひめ》
——新装版《しんそうばん》

2004年 2 月25日　初版発行
2020年 3 月25日　改版発行

著　者　赤川《あかがわ》 次郎《じろう》

発行者　松 田 陽 三

発行所　中央公論新社
〒100-8152　東京都千代田区大手町1-7-1
電話　販売 03-5299-1730　編集 03-5299-1890
URL http://www.chuko.co.jp/

ＤＴＰ　ハンズ・ミケ
印　刷　三晃印刷
製　本　小泉製本

Published by CHUOKORON-SHINSHA, INC.
Printed in Japan　ISBN978-4-12-206846-9 C1193

各書目の下段の数字はISBNコードです。978－4－12が省略してあります。

中公文庫既刊より

あ-10-10
静かなる良人 新装版
赤川次郎
浮気をして家へ帰ると夫は血まみれで倒れていた。犯人探しにのりだした妻の千草は、生前気づかなかった夫の思いがけない一面を知る……。〈解説〉山前 譲
206807-0

あ-10-9
終電へ三〇歩
赤川次郎
リストラされた係長、夫の暴力に悩む主婦、駆け落ちした高校生カップル……。駅前ですれ違った他人同士の思惑が絡んで転がって、事件が起きる！
205913-9

う-10-27
薔薇の殺人
内田康夫
脅迫状が一通きただけの不可思議な誘拐事件。七日後、遺体が発見されたが、手がかりはその脅迫状だけだった。浅見光彦が哀しい事件の真相に迫る。
205336-6

う-10-28
他殺の効用
内田康夫
保険金支払い可能日まであと二日を残して、会社社長が自殺した。自殺に不審を抱いた浅見光彦は、単身調査に乗り出すが意外な結末が⁉ 傑作短編集。
205506-3

う-10-29
教室の亡霊
内田康夫
中学校の教室で元教師の死体が発見された。毒殺された被害者のポケットには、新人女性教師とのツーショット写真が――。教育現場の闇に、浅見光彦が挑む！
205789-0

う-10-30
北の街物語
内田康夫
「妖精像」の盗難と河川敷の他殺体。二つの事件には、ある共通する四桁の数字が絡んでいた――。浅見光彦が、生まれ育った東京都北区を駆けめぐる！
206276-4

う-10-31
竹人形殺人事件 新装版
内田康夫
浅見家に突如降りかかったスキャンダル⁉ 父の汚名をそそぐため北陸へ向かった名探偵・光彦は、竹細工師殺害事件に巻き込まれてしまうが――。
206327-3

う-10-32
熊野古道殺人事件　新装版
内田康夫
伝統の宗教行事を再現すると意気込んだ男とその妻が、謎の死を遂げる。これは祟りなのか――。浅見光彦と「軽井沢のセンセ」が南紀山中を駆けめぐる！
206403-4

う-10-33
鳥取雛送り殺人事件　新装版
内田康夫
被害者は、生前「雛人形に殺される」と語っていた男。調査のため鳥取に向かった刑事が失踪してしまい――。浅見光彦が美しき伝統の裏に隠された謎に挑む！
206493-5

う-10-34
坊っちゃん殺人事件　新装版
内田康夫
取材のため松山へ向かう浅見光彦。旅の途中何度も出会った女性が、後日、遺体で発見され疑われる光彦だったが――。浅見家の〝坊ちゃん〟が記した事件簿！
206584-0

う-10-35
イーハトーブの幽霊　新装版
内田康夫
宮沢賢治が理想郷の意味を込めて「イーハトーブ」と名付けた岩手県花巻で、連続殺人が。被害者は死の直前「幽霊を見た」と……。〈解説〉新名　新
206669-4

う-10-36
萩殺人事件
内田康夫
お見合いのため山口県を訪れた浅見光彦の親友・松田将明が、浅見と共に連続殺人事件の闇に挑む！『汚れちまった道』と対をなす異色長篇。〈解説〉山前　譲
206812-4

に-7-49
赤穂バイパス線の死角
西村京太郎
「忠臣蔵」を演じた人気歌舞伎役者が女子アナと服毒心中し、殺人を疑う所轄署刑事は音信不通に。十津川は真相を追い、四十七士を祀る赤穂大石神社へ！
206034-0

に-7-50
盗まれた都市　左文字進探偵事務所
西村京太郎
東北のある都市で「反東京条例」が可決された。私立探偵の左文字は不穏な空気の正体を突き止めるため現地に飛ぶが、殺人事件の犯人に仕立て上げられてしまう。
206090-6

に-7-51
京都　恋と裏切りの嵯峨野
西村京太郎
十津川が京都旅行中に見かけた女性は「彼を殺します」とノートに記していた。二日後、嵯峨野の竹林で女の他殺体が発見されると、警視庁近くでも男の死体が。
206136-1

各書目の下段の数字はISBNコードです。978-4-12が省略してあります。

に-7-52
さらば南紀の海よ
西村京太郎
「白浜温泉に行きたい」と望んだ余命なき女を殺害し、その息子が乗車した〈特急くろしお〉を爆破した犯人は誰？　十津川は驚愕の推理を胸に南紀へ飛ぶ！
206201-6

に-7-53
十津川警部　鳴子こけし殺人事件
西村京太郎
不審死した女性の部屋から五体の鳴子こけしが持ち去られ、東京・山口・伊豆の殺人現場に次々と置かれていく。十津川は犯人を追い京都へ。
206309-9

に-7-54
祖谷《いや》・淡路　殺意の旅
西村京太郎
かずら橋で有名な徳島の秘境と東京四谷の秘密クラブで画策された連続殺人事件⁉　十津川のかつての部下が容疑者に。政界の次期リーダーの悪を暴け！
206358-7

に-7-55
東京-金沢　69年目の殺人
西村京太郎
終戦から69年たった8月15日、93歳の元海軍中尉が東京で扼殺された。金沢出身の被害者は、「特攻」の真相を探っていたことを十津川は突き止めるが。
206485-0

に-7-56
神戸　愛と殺意の街
西村京太郎
〈神戸の悪党〉を名乗るグループによる現金・宝石強奪事件。港町で繰り広げられる十津川と犯人の白熱の知恵比べ。悪党が実現を目指す夢の計画とは？
206530-7

に-7-57
「のと恋路号」殺意の旅　新装版
西村京太郎
自殺した婚約者の足跡を辿り「のと恋路号」に乗ったあや子にニセ刑事が近づき、婚約者が泊まった旅館の従業員は絞殺される。そして十津川の捜査に圧力が。
206586-4

に-7-58
恋の十和田、死の猪苗代　新装版
西村京太郎
ハネムーンで新妻を殺された過去を持つ刑事が、猪苗代湖で女性殺害の容疑者に。部下の無実を信じる十津川警部は美しい湖面の下に隠された真相を暴く！
206628-1

に-7-59
鳴門の渦潮を見ていた女
西村京太郎
元警視庁刑事の一人娘が、鳴門〈渦の道〉で何者かに誘拐された。犯人の提示した解放条件は現警視総監の暗殺！　警視庁内の深い闇に十津川が切り込む。
206661-8

に-7-60
姫路・新神戸 愛と野望の殺人 西村京太郎
人気デザイナー尾西香里がこだま車内で殺害された！容疑者として浮上した夫には犯行時刻のアリバイが。愛憎と欲望が織り成す迷宮に十津川の推理が冴える。
206699-1

に-7-61
木曽街道殺意の旅 新装版 西村京太郎
捜査一課の元刑事が木曽の宿場町で失踪、さらに実在しない娘から捜索依頼の手紙が届く。残された写真をもとに十津川・亀井コンビは木曽路に赴くが……。
206739-4

に-7-62
ワイドビュー南紀殺人事件 新装版 西村京太郎
十津川警部の部下・三田村刑事は、恋人と南紀へ旅行中に偶然、殺人事件に遭遇。それは連続殺人への幕開きにすぎず、やがて恋人も姿を消した……。
206757-8

に-7-63
わが愛する土佐くろしお鉄道 西村京太郎
高知への帰省当日に刺殺された女子大生。事件の鍵を握るのは、四国の鉄道事情と地元の英雄である龍馬の影⁉ 十津川警部は安芸へ向かう。
206801-8

も-12-68
棟居刑事の絆の証明 森村誠一
唐松岳山頂で登山グループから写真撮影を頼まれた棟居弘一良には、メンバーたちとの悲しい再会が待っていた。金と愛欲にまみれた下界の悪に、棟居刑事が迫る！
206051-7

も-12-70
棟居刑事の凶縁 森村誠一
大学時代、ある事件を引き起こした仲良し三人組。二十五年後、仲間の一人が何者かに殺害され、残された二人は過去の事件との因縁に怯えるのだった――。
206222-1

も-12-71
棟居刑事の殺人の隙間《スリット》 森村誠一
相談エージェントを設立した芝田の元に舞い込んだ、新聞記者の不審死。調べるうちに、元勤務先と次期総理大臣候補の癒着に気づいた芝田は――。
206332-7

も-12-72
棟居刑事のガラスの密室 森村誠一
都会の密室で起こった殺人事件。第一発見者の隣人が自供を始めるが、疑問を抱く被疑者の妹、被害者の父、そして棟居刑事。果たして、真犯人はいるのか――。
206395-2